老いと収納

群ようこ

角川文庫
20154

目次

やっと捨てた……

「あーあ、早く捨てなくちゃ」と、ぐだぐだいいながら、長年、部屋の中にたまった雑多な物を眺め、そしてため息をついていた日々であったが、その重い腰を上げざるを得ないときがやってきた。二〇一六年一月上旬からマンションの大規模修繕工事を行うことになり、ベランダの防水塗装もするので、ベランダに置いてあるものは、すべて撤去し、掃除しておくようにと、大家さんからお達しがあったのである。これは絶対にどうしても片づけなくてはならない。

隣室の友だちのベランダをのぞくと、それなりに片づいているように見えるのだけれど、うちのベランダは、粗大ゴミで出さなくてはならないのに、私にその気力がないために、部屋にあると邪魔だからと外に出したものが置いてある。ふだん生活しているところから死角になるところに、分散して置いてあるのだ。それらも全部、指定された期日までに処分しなくてはならない。少しずつ搬出するのは絶対無理だ。だいたい、それができていれば、こんなに不要品が溜《た》まるわけがないのである。

「これは一気に処分しないとだめだ」

私は隣室の友だちにも、

「最後のチャンスだから、一緒に片づけよう」

と声をかけて、一階に住んでいる大家さんのところに行き、

「一か月後に不要品を出そうと思っているんですが、エレベーターの点検が入っていたり、不都合な日はありますか」

と聞いた。

「点検はこの間済んだばかりだから、ここ一、二か月はないですよ。不要品だったらうちのほうで出しますけれど」

善良な大家さんはそういってくれたけれど、それは私の実態を知らないからである。

「いいえ、それがたくさんあるんです。二十年間以上住み続けて、不精していたものですから。それでは日にちが決まりましたら、業者さんがトラックで引き取りに来てくれるので、またご連絡します」

頭を下げて帰ってきた。

次に業者さんと懇意にしている知り合いの女性に話して、連絡をとってもらった。

「とうとうやる気になりましたね」

彼女は笑いながら電話をかけ、業者さんに事情を話し、

「よろしくね～」

と明るくいって電話を切った。

「仕事が詰まっているけど、一か月後だったら大丈夫だって。二トントラックで行くっていってた」

ひと月後、これでやっと不要品が片づくと、とりあえずほっとしたが、私にはこれから一か月の間に、仕事をしながら絶対に、絶対にやらねばならないことができたのだった。

処分する基準は、通常の資源ゴミ、不燃ゴミでは出せないもの、出しにくいものである。不要品は部屋の外に出しておけば、運び出してくれる。段ボール箱に入れるのではなく、分別せずに七十リットルのゴミ袋に入れて出しておけばいいということだった。ベランダや室内から出して、エレベーターの前まで持っていくのは、私がしなくてはならないが、それは当然である。

不要品のすべてを一週間で室外に出せといわれたら自信はないが、三十日間だったら何とかなりそうだ。一日ひとつずつでも、ちゃんと三十個は外に出せるではないか。私は早速、ドラッグストアに行って、七十リットルのゴミ袋二パックと、マスク、作

業用手袋を買ってきた。手近なところからはじめて、最後にベランダの大型放置物が残ると、やる気がなくなりそうだったので、まず玄関のドアからいちばん遠いベランダから手をつけた。

ベランダの東側には、金網が張ってある。もともと柵《さく》があり、この網はうちのネコを拾ったときにまだ子ネコだったので、隣室の友だちと共通の知り合いの男性が、危険防止のためにその柵に張ってくれたのだった。ネコが成長してもそのままだったので、これも処分しなくてはならない。私はゴム手袋をしてペンチを手に取り、柵にくくり付けてある針金を切っていった。十数年以上経過しているので、触ったとたんにぽろっと取れたものもあり、思っていたよりもずっと簡単に金網は取れた。意外にヤワな網でそれを適当な大きさに折り曲げてゴミ袋に入れた。

ベランダに面した路地をはさんだ向こう側に、建売住宅が建ったとき、先代の大家さんがベランダの柵を目隠しのために高くしてくれたときに外された、長さ一メートルくらいの物干し金具も、まだ余力が残っていたので、重かったけれども抱え上げて、ついでにゴミ袋にいれた。金具が外された後に購入した、折りたたみ式の物干し場も倒壊してしまい、使い物にならないまま放置していたので、それもゴミ袋行きである。その周辺に溜まっていた枯葉も掃除して一緒にゴミ袋に。これでベランダの東側の不要品は袋内に移動させた。もうひとがんばりして、西側にある不要品も移動させようかなと思ったが、自分の性格的にそこまでやると、長い目で見たらやる気が失《う》せそうだったので、余力を残した状態でやめておいた。ゴミ袋はベランダの雨が降り込まない場所に置いたものの、これからひと月の間に豪雨に襲われるかもしれない。ゴミ袋のなかに雨水が溜まったら、不衛生だし面倒くさいので、透明の大判のビニールシートを買ってきて、ゴミ袋の上に雨よけに掛けておいた。

翌日はベランダではなく、本置き場のチェックである。この部屋はほとんど物置状態になっているので、ベランダよりも、この部屋のほうが面倒かもしれない。ドアを開けたときに死角になる隅に積み上げてある、どうにも使い途《みち》がない、壊れたレーザーディスクプレーヤーやら、ビデオデッキ、「ドデカホーン」という大きなラジカセ、卓上用とはいえコピー機みたいに大きなスキャナー、あまりに重くて使うとへとへとになる、外国製の掃除機。古いスキー板、直径五十八センチの金属製のたらい、ブリキのバケツなどの雑多な不要物だらけである。作業用手袋をつけて、七十リットルのゴミ袋に入れたのはいいが、二台いれた時点で、すでに運ぶのは困難な重さになった。

「どうすんだ、これ」

外に出せない状態になったので、電気製品は袋に入れるのはあきらめ、玄関に移動して積んでおいた。

当然ながら不要品はドアから出すので、ゴミ袋はなるべく玄関に近い場所で待機させておきたい。なので自分で移動できる重量にするために、ゴミ袋にはひとつ重い物を入れて、あとは軽い不要品を入れることにした。ガラス窓に貼る日除《ひよ》けシートが入っていた、直径十センチ長さ百二十センチの紙製の筒。これは真ん中に乗り、全体重をかけて中央部をへこませて、二つ折りに近い状態にしてゴミ袋に入れた。他には鏡が割れた一面鏡の木枠が大小ふたつ。今日はこのくらいにしといたろか、という感じで、その日のゴミ捨て関係はやめにしたが、ただ物品が室内からゴミ袋内に移動しただけなので、達成感はなかった。

それから毎日、少しずつ、処分する準備をしていった。こんなに毎日、まじめに物事に取り組んだのは、はじめてかもしれない。最悪の場合、ベランダさえきれいにしておけば、大家さんお達しの修繕工事の支障にはならないので、西側に放置してあった、椅子三脚の木枠の処分に手をつけた。布製のクッションは通常の可燃ゴミで出せたし、木枠もベランダに放置していれば、朽ち果てるだろうと考えていたのが、想像以上に丈夫でニスは剝《は》がれてきたものの、しっかりしている。

この椅子をゴミ袋に入れようとしたが入らないため、これは当日、そのまま出すことにする。同じく、洗濯物を干すときに使っていた、折りたたみ式のスチール製のガーデンセットの椅子二脚（椅子を離して置き、背もたれのところに大型クリップを四個とめ、その間に物干しポールを二本設置して、シーツなどを干していた）はゴミ袋に入ったが、丸テーブルは無理なので、これも枠だけの椅子と同じ扱いにした。少しずつベランダの放置物を移動させ掃除をし、水を流してブラシをかけると、修繕直前のベランダもきれいになってくる。

「そうか、ちゃんとすると、それなりにきれいになるんだな」

としみじみした。自分の怠慢で不要品を放置し続け、それを見ても変だと思わず、使えもしないのにほったらかしにしてあるのが当たり前の景色になっていたのだから、自業自得であろう。

ベッドルームにあるのは、引っ越してきたときに友だちがプレゼントしてくれた、デッキチェアの木枠で、これもベランダに放置した椅子の木枠と同じで、背面、座面の布部分はカットして可燃ゴミで捨てたため、手順をふまないと捨てられない木枠のみが部屋の片隅に残っていたのである。そしてもうひとつは、キャットタワー。タワーといってもこれはうちのネコが、高さ八十四センチのチェストの上に上がり、そこから出窓に行ってひなたぼっこをするために購入したので、高さが百センチと低いものだ。これまではうちのネコが、難なくジャンプしてチェストの上に跳び乗れたのが、十六歳を過ぎてから何度も失敗するようになり、かわいそうに思って購入したのに、買ったとたんにどういうわけかまた跳び乗れるようになり、タワー自体にもまったく興味を示さず、匂いすら嗅《か》ごうとしないので、本来の目的ではなく、私の脱いだ服やスカーフ置き場になっていたのだ。

部屋の隅にはゼロハリバートンのスーツケースが置いてある。これは私が旅行をしていた時期に、ずっと使い続けていた愛着のあるものだが、キャスターが全部だめになってしまった。インターネットで検索してみても、私のものは現在のものとは仕様が違っていて、キャスター部分がとても小さい。デパートに聞いたら、そのデパートで買った商品でないものについては修理はできないと断られた。本体は何ともないのだが、これから海外旅行をする気はないし、もっと軽量のものでないと辛《つら》いだろうと、処分することにした。あちらこちらに貼られている、空港のシールも思い出になっているのだが、お別れである。

チェスト二棹《さお》、エレクターシェルフ二台は処分する気はないのでそのまま。できればベッドはやめて布団にしたいのだが、部屋がもともとカーペット敷きであるため、直接敷くのは難しいので、ベッドの処分は見送り。ベッドサイドには背の高い細いフロアスタンドがあり、ここ二十数年、毎晩使っていたのだが、塗装が剥がれていたり、ライトの部分も汚れて老朽化していたため、プラグを抜いて玄関まで持っていく。ベッドルームにはクローゼットがあり、洋服やバッグなどが入れてあるが、今回は自分で処分できる物品は対象外にしたため、ベッドルームで処分するのは、デッキチェアの木枠、キャットタワー、スーツケース、フロアスタンドの四点のみであった。

次は和室である。和室には桐タンスが二棹と、畳紙《たとうがみ》に入れた帯が積んであるエレクターシェルフがある。押し入れの上下段は和装肌着や足袋のストック、仕立て上がってきたときに、店から返される残布などが、無印良品の引き出しにいれてある。しかしいつも使うのは、それらが置いてある右側の襖《ふすま》だけで、ふだんは閉めている左側の襖の奥には何があったかと記憶をたどってみると、メンテナンスのときにストーブを入れて送る、空き箱くらいしか思いつかない。ほとんど開けない左側の襖をそーっと開けると、ここにも不要品が鎮座していたのだった。

引っ越し祝いにもらった、電気ストーブは毎年、ありがたく使わせてもらったが、壊れたので押し入れに隔離したのを忘れていた。同じく壊れた扇風機が二台。ペット用キャリーケースもあった。最初に購入したものが大きくて重く、もっと軽いものをとネットが使われたものを購入したが、これは使いづらくてしまいっぱなし。その後、軽くて使いやすいキャリーケースが見つかったので、それを使い続けていて、それらの存在すら忘れていた。二十年以上前に使っていた、本体に特殊なペーパーを挟み込んで使う空気清浄機。横長の自立式で、カバーを開けると横に電線が一本あり、その後ろにペーパーを挟み込むようになっている。通電するとその電線から、

「ジジー、ジジー」

と小さな音が聞こえ、何か月か経ってカバーを開けると、ペーパーが黒く汚れてい

た。そのときはこれで空気がきれいになると安心していたが、今見ると、これでよく空気清浄の効果があったなあと感心するほど、おもちゃみたいだ。その他、使い込んでよれよれになったボードゲームなどをそこから取り出して、ゴミ袋にいれて玄関に持っていった。右側の襖のほうも、いちおうチェックして、若い頃に購入してよく履いていたが、大雨に遭遇して変色した草履や、差し上げても誰も喜ばないであろう普段履きなども同じゴミ袋にいれた。

次に天袋を見上げたものの、そこに何が入っているのか、よく覚えていない。踏み台を持ってきて、十何年かぶりで開けたそこにあったのは、蓋《ふた》付きの桐箱だった。二十代の頃に着物を入れるために購入したもので、このマンションに引っ越すときに処分したと思っていたが、ここにあった。その横にあったのは、ナイロン製の手提げ袋に入った麻雀牌《マージャンパイ》と点棒だった。桐箱を持ち上げてみると、それほど重くなく、外に出せそうだったので、天袋の引き戸をはずし、桐箱を畳の上に下ろして蓋を開けると、そこに入っていたのは、バービーちゃん、タミーちゃん、その他、スキッパー、ミッジなどの、子供の頃から持っていた人形と、お洋服だった。

「ああ、ここに入っていたのか」

たしかに今、これらに必要があるかといったら、ないわけであるが、いちばん古いバービーちゃんは私が小学校の四年生のとき、味噌《みそ》のＣＭに出て、ディレクターだった隣家のお姉さんからギャラのかわりにいただいた。今から五十二年前のもので、他にも着せ替え用の洋服や靴もあり、どれも丁寧に作られていて、これは処分する気にはならないので、そのまま蓋を閉めて元に戻した。

他に出てきたのは、隣室の友だちの知人の画家が描いた、「医者と看護婦」の連作四枚の絵。私はそのうちの二枚を購入したのが、彼の厚意で、残りの二枚も永久貸与を受け、私のもとにやってきたのだった。しかしこの連作が、

「患者の皮膚のぶつぶつを見て、ひたすら怯《おび》える医者と看護婦」

がテーマになっていて、おおっぴらに飾れるタイプのものではないのだ。江戸川乱歩《えどがわらんぽ》の本が並んでいる、古い洋館の薄暗い部屋に飾ってあったら、何かありそう……とどきどきさせられる類《たぐい》のもので、たとえていうなら、昔の推理小説や、恐怖映画の看板のようなタッチの絵なのである。その絵を描いた方のお父さんは看板絵の職人さんで、彼も幼いころからお父さんの仕事を手伝っていたという。いちばん最初に彼と会ったとき、ワイシャツにグレーのズボンを穿《は》いていたのだが、そのワイシャツをよく見たら、地紋に鶴が飛んでいる着物の白生地で仕立てられていたものだった。このようなシャツが売られているわけもなく、彼が和装用の白生地を持っていって、仕立ててもらったのに違いなかった。

「この人はただものではない」

と思った。これらの絵は二十年ほど前に彼の個展で購入したものだけど、恐怖におののく医者と看護婦の絵は壁に飾る勇気がないまま、天袋に置いておいた。これも処分する気はないので、そのままである。

捨てる意思がない懐かしい物と再会し、何か捨てるものはないかと和室を見回すと、部屋の隅の大型の除湿器に目がいった。今回、不要品をあらためてピックアップする際、あまりに当たり前にずっとそこにあったので、不要品であっても目につかなくなるのがよくわかった。さらっと眺めるのではなく、ひとつひとつ、範囲を決めて目に入るものを点検していかないと、気が付かないものが結構あった。その除湿器も意識しなかったら、スルーしてしまったかもしれない。壊れてもいないし梅雨時には使っていたけれど、大型なので吸湿力はあるものの、静音装置を作動させても音が大きく、仕様上仕方がないのだが、梅雨時に室温が上がるのもきつかった。また大型のせいでタンクに水が溜《た》まると重くて、それを取り出して水を捨てるのに苦労するようになってしまった。買い替えるときはもうちょっと小型で、水の処理をするのも楽なほうがいいと思い、玄関まで移動させた。キャスターがついているのがありがたかった。

リビングルームを見渡すと、26インチのテレビを置いている北欧家具風デザインの木製の引き出しも、いらないといえばいらないのだが、テレビを床にじか置きするのもちょっとという感じなので、処分は保留。踏み台がわりに使っていた、二十五年前に買ったイギリス製の木製スツールはいらない。足の長い欧米人向けに作られていたので、もっと使い勝手をよくしようと、のこぎりで脚を切っているうちに、だんだんシートハイが低くなっていった代物である。仕事のときにいつも座っていた、私の短足に合わせてやっと見つけた、シートハイの低い椅子など、最初の予定にはなかったけれど、処分する候補を次々に見つけていった。

同じくリビングルームで使っていた、空気清浄加湿機も同じである。タンクの水量が多いので、毎日水を入れなくても楽だったのだが、タンクに水を満たすと重くなってきたので、容量が少ない物に買い替えようと、思っていた矢先に寿命がきて、加湿ができなくなった。すぐに新しい小型のものを買い、これも玄関に移動させた。

今のマンションに引っ越したときに購入した、木とメタルでできた、フランス製の三段の組み立て式の棚も、模様替えをしようにも、棚板が重くて使い勝手が悪く、何度も粗大ゴミで出そうかと悩んでいたものだった。ただ上にファクスや花瓶が置いてあったり、本、雑誌、DVD、CDを入れていたので、これをなくすと、それらを置く場所がなくなってしまう。

「この際だ。ここに入れていた物も、ぜーんぶ処分する！　ただし、後でだが」

断捨離をした人々から、とにかく何でも段ボール箱に入れておき、一定期間使わなかった物は、これからも使う可能性は少ないので、処分するというやり方を見聞きしたからである。

私は棚の上に置いておいたファクスを床に置き、中に入れていた本や雑誌を段ボール箱に詰めていった。なかに三冊、大判の本があり、それはゴミ袋に入れた。ずいぶん前に古書店で購入したのだが、状態が悪かった。手に入りにくい本だったので、それで我慢していたのだが、つい最近、もっと状態がよく価格も安いものを見つけて買い替えたので、古いほうがいらなくなったのだ。

棚に入れていた本などはひと箱では収まりきらずに、二個、三個と段ボール箱を組み立てて中に入れていった。この棚には想像以上にたくさん物が入っていた。後日、これらを全部処分できるのだろうかと不安になってきた。しかしもう手をつけたのだから仕方がない。とりあえず物をすべて三個の段ボール箱に入れ、棚板、板を固定する金属プレートをはずした。それらをパーツごとにまとめてガムテープでとめて、玄関にひきずっていった。玄関は不要品の山になっているが仕方がない。行き場がなくなった本や雑誌が入った箱は、リビングルームの隅に積んでおいた。

こんな具合で、毎日少しずつ不要品をピックアップしては、玄関に運んでいった。リビングルームのソファの陰に、ひっそりとたたずんでいるグレーの物体があるので、これは何だと近付いていったら、ファンヒーターと、オイルヒーター。ソファの後ろにはストーブガードや、室内用の折りたたみ式物干し大タイプが隠れていた。うちのリビングには収納場所がないので、いらないものは死角になる場所か、家具の背後の隠せる場所に置いていたのだった。

ファンヒーターは前のマンションにいるときから使っていたのだが、ネコがとても寒がりなので、温風が噴き出して部屋の上部が暖まるタイプよりも、床に近いところが暖まる、手作りのニューラジアントというガスストーブを購入したのだった。今はあちらの世界に行ってしまったが、隣室の飼いネコのビーちゃんも大好きで、冬になるとうちのネコと一緒に、手足をパーにして、このストーブの前で寝転がっていたのだった。このガスストーブは定期的にメンテナンスをしてもらって、大事に使っている。

オイルヒーターは私が外出するときに、火が出るタイプは怖いので使っていたけれど、プラグ部分が黒く焼けてきたので、怖くなって使用を中止した。ストーブガードは、うちのネコが老齢になり、判断が鈍くなってぼーっとして尻尾《しっぽ》に火が燃え移ったら大変なので、ガードするために買ったのだが、その後すぐに、全方位的に暖まるペットも安心という電気ストーブを購入したため、不要になった。また室内用の折りたたみ式の物干しは、使い勝手がよく丈夫なので、大と小を購入して、室内だけではなくベランダでも使っていた。物干し金具がはずされたり、購入した折りたたみ式の物干し台が壊れたりと、洗濯物を干すものがそれしかなかったのだ。

強風の日、ベランダに室内用の折りたたみ式の物干しを出して洗濯物を干し、私は室内で仕事をしていた。もちろん物干しの脚部のキャスターが動かないように、レバーをストップ表示の部分に固定しておいた。ところがパソコンの画面を見ていると、目の端にベランダを疾走していく何かが映った。

「えっ？　あれっ？」

すでに何も見えないベランダのほうに目をやったのと同時に、

「がしゃーん」

と大きな音がした。あわてて戸を開けると、その折りたたみ式物干しは風にあおられてベランダの端から端まで疾走し、東側の柵《さく》に激突して転がっていた。

あわててベランダに飛び散った洗濯物を救出したが、結局は外には干せず、物干しともども室内に退避させるしかなかった。説明書をよく見てみたら、室内のみで使うようにと但し書きがあった。それ以来、室内のみで使っていたのだが、こまめに洗濯をすれば小タイプで事は足り、大物を干すために組み立て式のベランダ用物干しを最近、新たに購入したため、大のほうは不要になった。これも玄関に移動である。

キッチンで忘れずに処分しなくてはならないのは、オーブンだった。これを購入して十年以上経つが、使ったのは二、三回だ。なぜこれを買ったかというと、キッシュを焼きたかったからという理由からなのだが、購入してもキッシュも焼かなかったし、使ったのは冷凍ピザの解凍に使ったくらいだろうか。おまけにピザ自体も食べなくなったし、機能としてはオーブントースターで十分とわかった。気合いをいれて調理台から床に下ろしてこれも玄関へ。

幅が三十センチほどの食品ストッカーの引き出しは、天板がステンレスでコンセントもついていて、それなりに便利な作りになっているのだが、うちの狭い台所では横に置かなくてはならず、使い勝手が悪いので処分する。シンクの上下の物入れもチェックしたけれど、二十六センチの大皿、洗うときに重く感じる食器などはすでにバザーに出していたため、特に処分するものは見つからなかった。

最後は脱衣所である。ここにも単に入浴時に着替えを置くためだけに存在している、オイルヒーターが一台。最初はちゃんと、冬場に脱衣所を暖めてくれていたのだが、こちらもプラグ部分が黒く焼けてきたので、使用を中止した。それでもパジャマや肌着の物置として、当たり前のようにそこにいて毎日、役に立ってはくれたが、ヒーター本来の使い方ではない。

隣室のベランダからは、何かを動かしているような音が聞こえてくる。隣の様子も気になるので、ベランダの壁ごしにのぞき、

「どんな具合？」

とたずねると、

「もう大変なのよ」

という。天袋から段ボール箱を取り出して、虫干しをしつつ不要品のチェックをしている最中だという。

「こんなの、何で取っておいたのかしら」

箱の中から変色した紙類がたくさん出てくる。

「いったい何かしら。何だと思う」

友だちが境界壁ごしに手渡ししてきたのは、色紙に描かれた水墨画だった。中国名らしき落款が押してあるので、

「中国の人から、もらった記憶はある？」

「ないの」

「ちゃんと落款も押してあるし、それなりの画家の人の作なんじゃないの」

「そうねえ、うーん、でもわからないなあ」友だちはしきりに首をひねっている。

「あ、そうそう、浮世絵が出てきたの」

「ええっ」

「買ったのを忘れてた」

さすがに隣室はすごいお宝が出てくる。私の部屋から出てくるのは、壊れた電気製品がほとんどだ。

「うちは浮世絵は出てこなかったけど、患者のぶつぶつにびっくりする、医者と看護婦の絵は出てきた」

そう報告すると、

「ああ、あれね。あったねえ。あの絵のほうがこの絵よりもいいじゃない。気軽に飾れないけど」

その墨絵を描いた方には申し訳ないけど、私も好きなほうをあげるといわれたら、やっぱりぶつぶつのほうを選んでしまうだろう。

「どうぞご無理なさらず」

そういって私たちは、それぞれのやるべきことに戻った。

毎日、少しずつ不要品を集めて、じわりじわりと玄関に集めた結果、そこは要塞《ようさい》のように不要品が山になっていた。当日、午後の早い時間にトラックが来るので、午前中に出すつもりだったのだけれど、あまりの量の多さに、

「午前中に出していたら間に合わない」

と判断して、前日の夕方から、ビデオデッキやラジカセ、椅子の木枠などをエレベーターの前に少しずつ置いた。冬の夕方は陽が落ちるのが早いので、すでに暗くなっている。ドアを開けてふと横を見ると、七十リットルのゴミ袋を置いたばかりの隣室の友だちと目が合った。さすが友だちというか、考えることは同じである。

「どお？」

低い声で聞くと、

「すごいことになってる」

という。そうだろうなと思いつつ、

「お互いに腰を痛めないように、気をつけましょう」

と少しずつ玄関内から外へ不要品を持ち出した。これさえやっておけば、あとは楽だ。いくつか出しては休み、また出しては休みを繰り返して、半分以上を残して、

「あとは明日《あした》」

と余力を残してやめた。

やっと来た不要品引き取り日の朝、ドアを開けた私は、朝日に照らされたあまりの光景に立ち尽くした。とにかくものすごい量になっていた。エレベーター前の通路も、ひと一人がやっと通れるくらいのスペースしかない。そしてうちにはまだ出さなくてはならない不要品があるのだ。

「えらいこっちゃ」

運び出していくうちに、どんどんエレベーター前のスペースが埋まっていく。私と友だちの二世帯しかなくて本当によかった。他に住んでいる人がいたら、明らかに迷惑をかける状態になっている。配達にきた宅配便のお兄さんには、

「すごいですねえ、断捨離ですか」

といわれ、様子を見に来た大家さんは、

「あっ」

と目を丸くしていた。最後の不要品を出した私は、客観的な目で目の前の不要品の山を見ながら、

「すごすぎる……」

とつぶやくしかなかった。

友だちも処分の最終段階に入り、傘三本をゴミ袋の中に入れていた。

「お疲れさまでした」

思わず向かい合って頭を下げてしまった。「すごいね」

友だちも口から出る言葉は同じである。

「あれ、これも捨てるの」

友だちは書斎用の椅子と、丸椅子に目を留めた。

「私、シートハイの低い椅子を探していたの。これ、もらってもいい？」

「いいわよ。こんなんでいいのかしら」

「うん、助かる」

私の不要品などと恐縮しながら、せめて配達をと、ゴミの山から椅子二脚をひきず

り出し、隣室に持っていった。

「これも出せれば出したいんだけどねえ」

玄関横の廊下に、高さと幅が百二十センチほどの木製の棚が出してあった。縦横に細かくスペースが区切られている。

「この際だから、持っていってもらったら？」

「そうなんだけどねえ……」

「そうだよねえ……」

二人とも同じ気持ちだった。そして同時に口をついて同じ言葉が出た。

「全部、載るかな」

私たちの目の前にあるのは、想像を超えた膨大な量の不要品だった。

「あぶないね」

「うん、あぶない」

「壊してばらばらにしたら、隙間に何とか食い込ませられるような……」

「そうねえ、とにかく業者さんが来たら聞いてみよう」

「そこまでお願いするのは気がひけるんだけど。せっかくだから持っていってもらえればいいね」

私は不要品の山を見て、自分がやらかした現実を目の当たりにしていた。

約束の時間よりも早く、業者さんがやってきた。来てくれたのはとても感じのいい青年と、おじさんの二人だった。

「二トンっていってましたけど、車があったので三トンで来ました」

助かった。二人にゴミを置いてある場所に上がってもらうと、見たとたん、

「こりゃあ、大変だ。大丈夫かな」

おじさんが声をあげた。青年も、

「うーん、ぎりぎりかなあ」

という。私たちはただただ、

「すみません、すみません」

と頭を下げるだけである。

「それでは積み込みますので」

彼らは手早く七十リットルのゴミ袋やら、使い途《みち》のないビデオデッキやらを運びはじめた。それを見ていたら私と友だちは、彼らに対してとても申し訳ない気持ちになってきて、

「私たちも軽いものを運びます！」

ときびきびと不要品を運び、大家さんが空けてくれた大家さん専用のガレージの中に駐《と》まっている、三トントラックの脇に置いた。あれだけ不要品を溜《た》め込み、それを

一階まで降ろすのが面倒くさいといっていたのに、この自分の行動はいったい何なのだろうかと、私は自問自答していた。こんなに動けるのだったら、これまでに粗大ゴミだって出せただろう。私たちはせっせと、自分たちが持てる範囲のものを運んでいった。一時間以上、荷物を持って往復し続けたのに、重いとか辛《つら》いとか思わなかった。

「うーむ、きっと人は自分のためには動けないけれど、他人のためだったら動けるっていうことなのかしらね」

などとつぶやきながら、ここ十年でいちばんの力仕事をした。

おじさんはトラックの荷台に積み込みながら、

「大丈夫かな、ぎりぎりかな」

といっている。友だちの棚を見た青年は、「解体できそうですね。潰《つぶ》せるものは潰さないと、空気を運ぶことになるので」

といい、一階に降ろしてトラックの横で解体しはじめた。私の不要品はすべてトラックに載せられた。業者さんは、

「他にないですか。まだちょっと載せられますよ」

と声をかけてくれる。すると友だちが、

「これ、どうしよう」

と本の束を指差した。漫画本、文庫本、単行本が紐《ひも》でくくってある。

「古本屋さんに持っていこうと思っていたんだけど」

どれも十年以上前に発行されたもので、きれいな状態ではあるが、古書店に持っていくにしても、来てもらうにしても、

「またあらためてお店に連絡をして、日にちや時間を設定する？　面倒くさくない？」

と私はいってしまった。しばらく友だちは考えていたが、

「そうだね、まとめて今日、持っていってもらおう」

私と友だちは彼女がまとめた本をガレージに持って行った。おじさんは本を隙間に詰め込みながら、

「まだ入りますよ。どうぞ持ってきて」

すると友だちはまた部屋に戻り、ビニール袋に単行本を入れて持ってきた。

「これもお願いします」

おじさんは袋を受け取り、解体した棚板と棚板の間にぐいっと押し込んで、私たちの不要品はすべてトラックに積み込まれた。みごとなほどのプロの技でぎっちぎちで、少しの隙間もなかった。

「あー、全部、載りましたねえ」

私たちが感激してトラックを見上げていると、

「よかった。何とか載りました」

と青年が笑った。

「二トンだったらあぶなかったね」

おじさんも笑っている。

「本当にありがとうございました」

私たちが頭を下げているなか、業者さんは、

「ありがとうございましたー」

と感じよくトラックに乗って去っていった。もしも業者さんの感じがよくなかったら、私たちは不要品を一緒に下に降ろさなかっただろう。業者さんの感じのよさが、私たちを動かしたともいえる。どーんと一気に持っていってくれて本当にありがたかった。何の役にも立たないかもしれないが、私が処分した品物のリストをあげておく。

1 たらい
2 窓に貼る日除《ひよ》けシートが入っていた紙筒
3 扇風機 二台
4 木製丸椅子（友だち宅へ）
5 折りたたみ式物干し台

6　ブリキバケツ
7　フロアスタンド
8　電気オーブン
9　金網
10　ペット用キャリーケース
11　キャットタワー
12　組み立て式棚
13　スキャナー
14　プリンター　二台
15　ラジカセ
16　オイルヒーター　二台
17　電気ストーブ
18　書斎用椅子（友だち宅へ）
19　掃除機大
20　掃除機小
21　除湿器
22　ファンヒーター

23 デッキチェア　木枠
24 レーザーディスクプレーヤー
25 空気清浄機
26 空気清浄加湿機
27 ビデオデッキ　二台
28 ガーデンセット　テーブル
29 ガーデンセット　椅子　二脚
30 椅子木枠　三脚
31 テーブル脚
32 固定式物干し用金具
33 スーツケース
34 鏡　木枠大
35 鏡　木枠小
36 物干し用ポール　六本
37 ノートパソコン　二台
38 ＰＣ用キーボード　二台
39 ボードゲーム

40 草履　四足
41 食品ストッカー引き出し
42 洗濯機　毛布洗い用蓋《ふた》
43 椅子
44 ストーブガード
45 フロッピー用外付けドライブ
46 PC用接続ケーブル多数
47 スキー板
48 室内用折りたたみ式物干し大タイプ
49 ゴミ箱

総数五十点以上、あらためて見ると電気製品の数が多い。買い替えの際にこまめに処分しなかったのが、問題だとよーくわかった。

部屋に戻ると、たしかに物は減っていて、そこここにスペースができていた。私としては相当がんばって物を減らしたつもりだったのに、想像していたよりもそれほど変化がみられなかった。少しがっかりはしたけれど、そのかわり、これからは物を処分するのが平気でできると自信を持った。

以前、マンションの一階に住んでいたご夫婦が家を建てて引っ越されて、一年後に隣町でばったり奥さんと再会した。そのとき彼女に、

「長い間、いらない物を溜《た》め込んでしまって、処分しないといけないんですよね。引っ越しっていいきっかけですよね」

と話した。すると彼女は、

「私もこれだけ捨てればいいだろうって、相当処分したんだけど、前の部屋よりも広いのに、全然、すっきりしないの。まだ段ボール箱に入ったままの荷物が置いてあるのよ。物を減らすんだったら、三割とか五割ってだめね。七割くらい捨てないと、すっきりしないみたい」

と教えてくれたのだった。考えてみれば、たかだか五十数点処分したくらいで、部屋の中の景色が変わるわけはないのだ。

翌日、友だちと顔を合わせたら、やはり捨てるのが怖くないといい、同じようにあまり物が減った感じがしないという。そして、

「ねえ、次はいつ来て貰《もら》おうか」

と、二人で顔を見合わせて苦笑いしたのだった。

こんなふうに暮らしたい

まだ「断捨離」という言葉が一般的になる前、私は『ケチじょうず』（小笠原洋子著　ビジネス社）を愛読していた。この本はケチではなく、中年の一人暮らしの女性の、知恵の本だ。タイトルは当時話題になっていた、日野原重明《ひのはらしげあき》氏の『生きかた上手』をもじったのではないかと思う。

小笠原洋子さんは画廊、美術館に学芸員として勤務の後、フリーキュレーター、美術エッセイストとなった。序文にこのような文章がある。

「工夫を重ねてできるだけ簡素に生活することを望んでいる私にとっては、貧しさはあまり者を所有しないためのいい手段なのだ。ただ貧しいと精神が脆弱《ぜいじゃく》になる。お金があれば気持ちが豊かになるということもある」

彼女は一日に使う金額は千円と決めて生活している。重症慢性引っ越し病と書いているように、引っ越しを繰り返し、そのたびに所有物を捨てていた。あるとき、引っ越し前にガスストーブ、エアコン、棚、スクリーン、ブラインド、座卓を手放した。そしてあまり好きでもないのに持ち続けていた洋服ダンスを、部屋から出すのも、引っ越し先に入れるのも大変だったのを体験して、捨てると決めた。衣服には執着したくないという気持ちから、それらを収納するための洋服ダンスは必要なのかと疑問を持ち、たまたま引っ越しの際に、ベランダからつり下げて出し、新居では玄関から入らないという現実を見て、処分したのである。これでずっと心に引っかかっていた、洋服ダンスという大物を、処分する気持ちになった。彼女は十年間、美術商の仕事をしていたため、服装に気を遣わなくてはならず、当時はひと月に一着の割りで服を新調していたそうだ。それが手元に残っていたのだろう。

「引っ越しのだいご味は、だいじだと思いこんでいた物を捨てることにある」

私の場合は著者とは逆で、引っ越すたびに物が増えていったような気がする。ただ整理整頓《せいとん》能力が欠けている私にとっては、このままでは大変なことになるぞという予感はあった。しかし引っ越す場所が次々に広くなっていき、いくらでも収納可能になってしまったことで、その気持ちはどこかに消え去ってしまっていた。

衣服に執着しない彼女には、ふだん着がない。

「ふだん着と外出着を分けるとすれば、身につけていることが気にならず、体に馴染《なじ》み、心身ともにリラックスできる服装ということになるだろう。だが私は着慣れて馴染んだ、何の抵抗も刺激も感じない衣類をふだん着として着るのが嫌い。（略）かつて外出着であった洋服をそのまま、外出着のような気分で着るのが好きだ」

「そういうかっこうで、家の中をうろうろしていると、なんとなく別人になったか、別所帯にいるような気がしておもしろい」

このような気持ちになるのは難しいが、外出着とふだん着と分けなければ、手持ちの服はずっと少なくて済む。しかし誰でも真似できることでもないし、センスがないと難しいだろう。

彼女自身の五十代から六十代のワードローブのリストも掲載されているが、スーツを基本に一年分が三十四点で構成されている。私はスーツをワードローブの基本にしていないので、参考になるというわけではなかったが、これだけの服でも、一年分はまかなえるのだなと感心した。他にも自炊や避難袋についてのアイディアなど、すべては真似できないけれど、なるほどと納得させられた。

彼女は十数回、引っ越しをしているのだが、知人の敷地内に建っている物置に住んだこともある。知人が母屋をマンションに建て直す際に、大工さんが寝泊まりするために使っていて、その後は物置として使われていた。四畳半一間と半畳に満たない炊事場があるものの、すきま風とゴキブリに悩まされるのは、賃料が無料ではあったが、私が同じ立場だったら考える。借りるならば、知人が建てたマンションのほうだと思うのだが、そうではないところが、彼女のユニークなところである。のちの部屋探しのときも、隣室などの騒音が苦手だったのにもかかわらず、あるとき室内の雰囲気がとても気に入ったアパートと出会う。

「何年来、隣接する部屋の物音に苦しんできた私には最大の難点だったけれど、こんなことくらいで自分の暮らしが左右されるなんて、今これを克服しないと一生このことに苦しめられると考えて、ここに決めた」

住まいを定めたくないとか、お金をなるべく遣わないとか、物を持たないというと、生きることに対して後ろ向きのイメージがあるが、彼女はそれとは正反対の、前向きな人なのだ。

この本以降に、断捨離がブームになり、並行して出てきたシンプルライフ系の本も何冊か読んだけれど、今でも読み返すのは、ドミニック・ローホーさんの本である。所持品が少なくても、女性を捨てているわけでもなく、食事が貧しいわけでもない。誰かの真似をして自分の人生がうまくいくわけでもないし、物の処分が進むわけでもないが、雑誌に載った彼女のパリの部屋の写真を見て、あまりの小ささにびっくりした。本当にこの狭さのところに住んでいるのだと、彼女の本の内容がリアルに迫ってきた。

パリなので窓から見える景色は素敵なのだが、もとはメイド用の部屋なので、とにかく狭い。14㎡というから、畳の感覚でいうと八畳ちょっとしかない。天井は平均的な日本家屋よりは高いかもしれないが、写真で見ても狭いのだから、本当に部屋に入ったらそれ以上に狭いと感じると思う。スペース的には学生が住むワンルームに近い。家具はほとんどなく、コンパクトながら収納スペースはあるが、そこもぱんぱんにふくれあがっているわけではない。冬のコート一着、レインコート一着、スカーフ一枚……。質のいいものだけを持つのだそうだ。ああ、私はいつになったらそういった心境になれるのだろうか。

私は室内写真で本棚が写っていると、つい本に目がいってしまうのだが、ほんの数冊くらいしか置いていない。本のなかで心に残った言葉があると、パソコンに入力しておいて、本は処分すると書いてあった気がするが、その通りに棚はすっきりしていた。物を置くスペースがあっても、ぎっちぎちに物を入れないことが、部屋をすっきりみせるコツなのだろう。狭いうえに物を詰め込まないとなると、相当、物を減らさないと無理ということでもある。

彼女が京都に所有しているワンルームマンションも18㎡しかなく、リフォームして家具をなるべく置かなくて済むように、収納を作ってある。壁の作り付けの本棚には、四十冊ほどの本が並んでいたが、それにしても少ない。食器も幅二十センチほどの引き出し二つに入るだけ。狭いけれども欄間、格子は宮大工に依頼して、クオリティーは相当高い部屋になっている。やはりこちらもセンスがうかがえる住まいになっている。正直、

「外国人は、和服がなくていいな」

と当たり前のことをつぶやいたりしたのだが、洋服だったら、相当、処分しても大丈夫のような気がしたし、

「自分にとって本当に好きで必要なものは何か」

をしっかりと考えるべきだと、再び、三度、四度だったかもしれないけれど、肝に銘じた。しかしこんなに何度もうなずくなんて、肝に銘じていない証拠である。どうしてこんなにずるずるしている性格なのか、自分でもわからない。きっと先祖のサルのグループのなかでも、

「あいつは芋の皮をいつまでも溜《た》め込んでいて、何やっとるんだ」

とボスザルに睨《にら》まれていたのかもしれない。そしてこのお二人に共通していたのは、方丈の住まいと、移動を楽にするという考え方だ。ドミニック・ローホーさんは旅行もバッグひとつで、空港で荷物を量ってみたら八キロしかなく、引っ越しはタクシー一台で済んでしまうという。そしてせっかく造り上げたこの部屋にも執着はないという。

せっかくリフォームしたのにとか、お金をかけたんだから、ずっと自分が持っておこうとか、そういった考えは彼女たちの頭にはないのだろう。

内澤旬子《うちざわじゅんこ》さんの『捨てる女』(本の雑誌社)も、きっかけは病気だったり、離婚だ

ったりするのだが、この思い切りのよさが、自分にもあればと、ため息をつきながら読んでいた。私の独身の知人も大病をしたとき、

「所有物をこのまま残して死んでは大変なことになる」

と業者を呼んで片っ端から物を捨ててしまったといっていた。幸い、彼女は元気に過ごしているけれど、どちらにせよ掃除がしやすく、体に負担がかからない整理整頓してある家のほうが、暮らすのには楽に決まっているのだ。

今まで何とも思っていなかった、物があふれる暮らしや、人との生活も、何かのきっかけによって、突然、「これはいけない」と感じはじめる。そうなると、気になって仕方がなくなり、対処できない自分に対してもいやになってくる。そういった感情が、内澤さんは爆発したのだろうけれど、所有していた大切な本などを、捨てて、というか手元から放しまくり、手元には何も残らなくなった。私はただただそのくだりを読んで、よくもそこまで思い切られたと、感心した。しかしである。

「そうして気がついたら、結構重めな鬱《うつ》状態に陥っていたのだった。この数年間、古本もイラスト原画もなにもかも、持ち続けていることが重荷で重荷で重荷で重荷で、放り出したくてしかたがなかったにもかかわらず、手放してみたら、すっきりしゃっきりどころか、ガックリしてしまったのだった」

えーっ、と思いつつ読み進めると、

「身内を失《な》くしたかのような喪失感」

という一文が。

「威勢よく捨てまくってるうちに、どうやら人生を楽しむ力も捨ててしまったようなのである」

はああ、であった。そして後書きには、

「あきらかに捨てすぎてしまった」

と正直な感想まで。

世間的な基準ではなく、私にとっての稀覯本《きこうぼん》は持っていないが、彼女はそういったものまで手放している。そのときは決めたとはいえ、心が揺らぐのも当然だと思う。夫を捨てるよりも胸が痛むのも、本当にそうだと思う。もしも私が着物をばんばん処分しまくって、枚数が少なくなって枚数が減ったとしても、それで満足できるかというとそうではないような気がする。いったい日々の生活、人生において、何が目標なのかである。物を持たない生活なのか、物はあるけれど、それらを楽しむ生活なのか。必ず人は所有した物と別れる日がくるわけで、後悔しない程度に、徐々に段階を経て減らしていったほうが、ダメージが少ないのかもしれない。これは一気にやりたいとか、時間的制約がある人にとっては難しいことなのかもしれないが。それでもだら〜と減らす作業を続けている私にとっては、彼女の怒濤《どとう》の捨ての勢いがうらやましかったのは事実である。

私の片づけというか、物を捨てる指針にしているのはこの御三方だったのが、最近、もっと上をいく、稲垣《いながき》えみ子《こ》さんが登場してきた。本を拝読したり、インターネットでインタビュー記事を読むと、段階的に物を処分してきた経緯はあるけれど、東日本大震災がきっかけになって、なるべく電気を使わない暮らしを目指し、とうとう冷蔵庫も処分し、会社もやめてしまった。私は会社はやめたが、冷蔵庫はさすがに処分できなかった。

それまで様々なミニマリストの生活を見て、自炊は一切しないと決めて、料理関係に必要な道具は処分した人でも、ホテルに設置してあるような、超小型の冷蔵庫を持っている人はいた。ましてや彼女は料理好きなのである。いくら野菜は干して保存するとはいいながら、そんなことが可能なのだろうかと思っていたら、彼女の生活をテレビで放送するというので、楽しみに観た。

「うーん、本当に何もない」

テレビの画面には、陽当たりのよさそうなワンルームのマンションにある家具といったら、ベッド、タンス、扉付の棚、ちゃぶ台程度のものしか映っていなかった。

「これで十分なんだよなあ」

この言葉も何度発したかわからない。つくづく私は「言動一致」にならない女なのである。彼女はガスも契約しておらず、電気も点《つ》けないので、調理はカセットコンロで、風呂《ふろ》の湯船はあるものの銭湯に行く。洗濯機もないので手洗いだ。もともとないものならともかく、設置、利用できるのにそれをしないで済ますのは、なかなか難しい。私だったら絶対に楽なほうに流れてしまうのは間違いない。野菜もザルにいれてベランダで干してあり、鍋《なべ》で煮炊きされる。ちゃぶ台でのシンプルな食卓であるが、これがごく普通の食事風景だろう。部屋の感じがとてもよく、風通しがよさそうで、掃除も箒《ほうき》で簡単にできて、私は素敵な生活だなとてもうらやましくなった。

私は軟弱なので、自分にとって冷蔵庫も洗濯機も必要なのだけれど、無駄は省きたいと考えている。洗濯機もよほど雨が続かない限り、乾燥機は使わないようにしているが、着物だけの生活にしたら、着物は毎日洗うものではないので、肌着の洗濯のために脱水は使うものの、基本的には手洗いで十分だと考えたことはある。そういいながら何十年も経っているのが、大きな問題なのだが。

東日本大震災後、こんな私でも節電に関心を持ち、何も考えずに使っていた、温水洗浄便座の待機電力がもったいないので、こまめにプラグを抜いたり挿したりしていたら、あっという間に壊れた。買い替えようかどうしようか迷っているうちに、そのまま年月が過ぎ、冬は便座カバーを付けて使っているが、毎日、風呂に入るのに、温水洗浄便座って必要なのかなと思ったりしている。たしかに著者が書くように、私も

「あったら便利」に執着していた一人なのである。

料理を作るにも、手元にある食材でまかなうので、料理本を参考にすることもなくなり、本は人にあげたと話していた。私も料理は苦手なくせに、料理の本はたくさんあった。何でもそうなのだが、私は困ったらまず本をと考えてしまうので、行動よりも本で調べるのを優先しがちなのだ。

とにかくやってみようと行動するよりも、まず本を読んで下準備をしてからになり、その結果、下準備だけで面倒くさくなってしまい、あとはどうでもよくなってくる。料理にしても、ふだんは子供の頃に親が作ってくれたものを、再現しているだけなので料理本は見ない。それなのにどうして料理本がたくさんあるのかというと、盛りつけ、彩りなど、見ていて楽しいのと、たまにはふだんとは違う料理を作ってみたいという、欲が出るからである。昔は欲は向上心の表れだと自分を甘やかしていたが、この年齢になると、それで自分のグレードが上がったかというと、それはないと断言できる。欲を出してこの料理を作ってみたいと思ったら、それを自分のものにしてから成立する話であって、一、二度作って満足してしまうようでは、何の役にも立たない。私の性格からいって、下手に欲を持たないほうが、無難なのである。

料理本がたくさんあっても、それでどれだけの料理を作ったかというと、ほとんど作っていない。それに毎日、違う料理を食べたいとも思わず、限度はあるけれど、自分が作ったものならば、同じものが続いても平気なので、日々のバリエーションは望んでいない。それに気がついて、第一段階の料理本処分として、ほとんどはバザーに提供し、残っているのは数冊だ。めぼしい部分をノートに抜き書きして、なるべく手元に置かないようにしている。

こんな私の手元に、料理レベルからしたら、とてもとても追いつかない、辻嘉一《つじかいち》の『懐石傳書』があるのは、器、盛りつけ、また文章も読んでいて楽しいからだ。しかし大型本で場所もとるし、この本の和食の美しい世界は、私のふだんの食事にはまったく活《い》かされていないので、第二段階としてこういった本ともお別れしたほうがいいかなと考えている。とにかく迷っていると物が減らないので、迷ったものは不要と切り捨てたほうがいいのかもしれない。私にも内澤旬子さんの「怒濤の捨ての勢い」がどこからか降りてきますようにと願っていたら、唐突にそれがやってきた。もうこの本はいらないという自分がいたのである。バザー箱に移し、さよならすることにした。以前はバザー箱に入れてしばらくすると、またこそこそと取り出して元あった場所に戻す、いじましい行為を繰り返していたが、最近は箱に一度入れたものを戻さなくなった。少しだけ進歩しているようだ。本を買って読んだとしても、本置き場にある両開きの扉がついた本棚一台に入るだけ、前作の『欲と収納』の取っておく本リストのみにする時期が来たような気がする。

私のなかではこの四人には、教わったことが多々ある。世の中にはたくさん片づけの本もあるのに、ぴんとくる本はとても少ない。どうしてなのかと自分なりに考えてみると、これまで生きてきたなかで、それなりの贅沢《ぜいたく》も知っていて、そのうえで生活をコンパクトにしている人に惹《ひ》かれるようだ。森茉莉《もりまり》の『贅沢貧乏』が好きなのもそういう理由からかもしれない。生まれたときからずーっと、節約の連続で贅沢をまったく知らないで過ごしてきた生活は悲しい。お金があるなしの問題ではなく、貧しい生活のなかにも心の贅沢はあるし、お金がたくさんあるのに心の贅沢を知らない人もいる。個人にとっての自分の心の潤いの話である。物を減らすのを人生の目的にはしたくはないが、現実に減らさないといけないのは事実だ。そして心の贅沢まで減らしてしまうまでにはなりたくない。そのへんの度合いの基準が甘い私にとっては、心の贅沢と物欲が、微妙に一致してしまっているところがあって、その塩梅が難しいのである。

本物、美しいもの、自分を潤してくれるもの、楽しい気持ちにさせてくれるもの、心を満たしてくれるものを知らない人生は、やはり薄っぺらくなる。一方、どんな品質のものであれ、整理整頓《せいとん》もせずに物があふれているのも問題だ。四人ともどちらかを選べる立場であったのに、物を所有しない人生を選んだところに、各人の矜持《きょうじ》があって、興味深い。このような立派なお手本がいるのに、どうして私の所持品処分は、一度、トラックで運んでもらった後、なかなかはかどらないのか。ここでも実行が苦手な性格が災いしている。不要品を運び出した直後は、物が減ったと感激したのに、あっという間に見慣れてしまい、まだまだ物があるではないかとうんざりしている。とにかく迷ったら捨てる。室内の目に入ったものすべて、これはいらないのではないかと考えてみる。意を決してそう思っても、まだまだあまりに物が多くて、めげそうになるのだが、

「それじゃ、だめだっ。四人のあの潔さと怒濤《どとう》の捨てを思い出せ」

と自分を叱咤《しった》し続けているのである。

衣類

「歳を取ると、固いもの、重いものが苦手になる」

若い頃からよく年上の女性が話すのを聞いていたものだが、それは本当だった。昔は冬になるとどっしりとした厚手のウールコートを着ても平気だった。その重みが「冬」という感じがして、心地よかったのだが、今はとてもじゃないけど無理だ。肩にずしっと負担がかかり、お洒落《しゃれ》というよりも修行に近い。

「お洒落は我慢」という人がいて、若い頃は足の小指がつま先で縮こまり、圧迫されて真っ赤になっても、風呂に入ってさすりながら、だましだまし細身の靴を履いたり、多少着にくくても、デザインが気に入っていた服は着ていられたけれど、今は完全にだめだ。我慢するくらいなら、お洒落をあきらめるといいたくなるほどだ。残念ではあるが衣類はまず、「重さ」がネックになるものを処分していこうと、クローゼットを点検した。まず大きなものから処分していけば、処分することに慣れて、細かいものの処分が簡単になると思ったのである。

前作の『欲と収納』のあとがきで、洋服の処分について、紙に縦に一月から十二月、あるいは春夏秋冬を記入し、横にアイテムを記入する。そしてそれらのアイテムをどの季節に着るのか、着用期間を線で引いておくと、どの季節にアイテムがだぶついているか、その反対に少ないのかがわかるので、それを仕事の合間に少しずつやっていると書いたが挫折《ざせつ》した。数十点のアイテムを個別にやるのがけっこう大変で、

「こんなこと、いちいちやっているより、潔くどっと捨てればいいんだ、どっと」

とやめてしまったのである。

まず手をつけたのが、コート類である。私はコートが好きなので、ついつい買ってしまっていた。ずいぶん昔に買った、定番のしっかりしたコットン素材のステンカラーのコートは、とても気に入って着ていた。『欲と収納』で処分したと書いたのとは同じ素材で、こちらは別の定番のデザインである。どちらか一枚と選んだ結果、定番のほうを残したのだった。このコートは着ていると褒められるので、この買い物は失敗しなかったと、私もうれしかった。寒い時季になると、付属のキルティングのライナーをつけていたが、冬はまだしも春先にはつけているとやや重く、はずすと寒い。梅雨時にレインコートとして着るには、地厚でしっかりしているので暑いのである。

コート自体はトラディッショナルな、きちんとした作りだったが、とにかく重い。そしていちばんの問題は、長い間、着続けているうちに、私の顔にそのコートが似合わなくなってきたのだ。若い頃も同じようなデザインのコートを着ていたが、そのと

きはまだ肌も若いし髪の毛も今よりは長めで、違和感がなかったのだけれど、還暦を過ぎたショートカットの、おばあちゃんになる前のぎりぎりおばちゃんが着ると、おじさん臭が漂うようになってきた。若い女性が男の子っぽい格好をすると、それなりに素敵なのだが、おじさんに微妙に近いおばさんが、男性寄りの格好をすると、下手をすると借り着にしか見えなくなる。自分のなかにおじさんがいるから、そういうふうに感じるのだろうが、鏡を見ても毎度、「何か違う」のである。

何かおかしいと着るたびに首をかしげていたので、しっかりとしたこれからも着られるコートではあったが、さようならした。昔は似合ったけれど、今の私には似合わなくなってしまった。着ていると褒められたのは、似合っているというよりも、きちんと丁寧に作られたコート、という意味だったのかもしれない。綿のぱきっとしたコートの素材も、私は好きだけれど、固い感じがして似合わなくなってきた。でも私はひらひらした柔らかい素材は好きじゃないなどと考えていたら、何を選んだらいいか、わからなくなってきた。

そんな話を、ご主人はファッション業界で、現在も四十年以上働いていて、本人も有名なインテリアショップやファッションブランドに勤めていた、ひとつ年上の同年輩の友だちに相談してみた。彼女は幼い頃から日本舞踊を習っていたので、着物姿も板についている。知り合ったきっかけは、私が習っていた小唄《こうた》の師匠のところに、彼女が私の少し後から入ってきた。なので私のほうが少しだけ姉弟子なのだが、いろいろなことをいつも教えてもらっているのだ。着物も洋服も似合う彼女は、

「私も悩んでいるのよ」

という。美人でスタイルもよく、何を着ても似合いそうなのに、そんな人にも悩みがあるのだ。

「私は着物はともかく、洋服だと柄物がだめなのね。色もいろいろと着てみたいんだけど、どうしても白、青、紺、黒になってしまうのよね。デザインも似合わないものが、結構あるのよ」

「えーっ、スタイルがいいから、何でも似合うし、服選びに困ったことなんかないと思ってた」

「そんなことないのよ。着たくても着られないものがあるんだから」

へえそうなんだと意外に思いながら、服の選び方、服の減らし方について話すと、

「わかった。新しくワードローブを作り直す時期というか、年齢にきているんだと思う。今までの服のイメージは捨てて、これからのことを考えましょう」

ときっぱりといって、彼女が服を買っている店に連れていってくれるという。ご主人には何度かお目にかかっているが、彼もそのブランドは私に似合うといってくださったらしい。私は有能なアドバイザーを得て、これから着るべき服を買いに行くことと

になった。

その店の服は、色は白、ベージュ、カーキ、紺、黒で、シンプルなデザインが多く、私もひと目で雰囲気は気に入った。

「何が必要なんでしたっけ」

「コートを処分したから、冬に着るコートとパンツが欲しい」

といった。黒のストレッチのクロップドパンツは持っていたが、外出の際にこればっかり穿《は》いていたものだから劣化が激しく、クリーニングに出すと色も何となく褪《あ》せてきて、おまけに膝《ひざ》が出たまま戻らなくなってしまった。私の肉の厚さにストレッチの復元力が負けてしまったのだろう。それに真冬だとやや寒く、もう少し地厚で私の短足にも似合うパンツがあればと、消極的な希望を持っていた。若いショップの店員さんが、

「こういった感じはいかがですか」

とあれこれ見せてくれるのだが、さすがに友だちはファッションメーカーに長い間いたこともあって、店員さんが持ってくるパンツを見て、

「それはちょっと違うと思う。もうちょっとここにゆとりがあるほうがいいわ」

「黒は重くなりすぎるから、やめたほうがいいと思う」

と私がいう前にチェックしてくれる。私は、

（はあ、そういうものか）

と彼女の背後でぼーっとしていた。何を選んでいいのかわからない私が手を出す前に、彼女が選んでくれるので、私はどういうものが、私に似合うと思われているのかなと、期待しながら友だちが選ぶのを待っていた。次から次へと候補の服が、テーブルの上に置かれていく。

「ここに置いてあるものは、全部、似合いそうだけど。なかで気に入ったものがあったら、試着してみたらどうかしら」

友だちはそういい、店員さんもうなずくので、今まで持っていたような、いわゆる定番の、ストレートでやや裾《すそ》にかけて細くなっているシルエットのパンツを手にすると、それを見た彼女は、

「それ、つまらなくない？」

という。私は欠点の多い下半身を目立たせたくなかったので、上にポイントを置くようにして、下半身はシンプルにするようにしていたのだ。

「まあ、前にも同じようなものは持っていたし、安心できるっていうところがあるのよ」

「あなたは、そういった感じじゃないと思うのよね。処分したコートはどういうデザインだったの」

「ステンカラーの、定番のトラッドっぽいデザインのもの」

「うーん、あなたにはトラッドは似合わないと思う。ジャケットとかコートとか、プリーツスカートとか。若い頃は似合ったかもしれないけど、今はそういったタイプはだめよ」

　そういわれて、若い頃の自分の感覚で今着る服を選んでいるのがよくわかった。私は制服っぽい服が好きだったのだが、それが似合わなかったとは。毎日、鏡を見て、自分のことがわかっているつもりでも、全然、わかっていなかったらしい。トラッド好きな若い女が、おばあちゃんになっただけだと思っていたが、そうではなかった。もしかしたら若い頃もトラッドは実は似合っていなかったのかもしれない。

「これから歳を重ねて、長く着られる物を選びにきたのだから、過去にとらわれてちゃだめよ」

　その通りである。私はとりあえず自分を無にして、プロの方々の意見を参考に、ワードローブを作り直していこうと決めたのだった。まず大物から見ていったほうが、イメージが決まるかと、冬に着るコートがなくなったので、店内でコートを見ていたら、目についた一着があった。ツイードで衿《えり》がちょっと詰まり気味で革でパイピングがしてある。イメージでいうと、ロシアの少年少女合唱団が着ているような、かわいいツイードコートなのである。試着してみると誂《あつら》えたようにぴったりだった。これが

求めていた一着かと喜んでいたら、友だちに、

「まるで家から着てきたみたいに似合ってる。でもこれから新しいワードローブを作るのに、今まで持っていたようなものを買う必要はないわ」

ときっぱりいわれてしまった。

「ごもっともです」

私は素直にそれをラックに戻し、頭ではわかっていても、なかなか凝り固まった自分の頭は柔らかくならないなあと反省していると、彼女と店員さんが勧めてくれたのは、リバーシブルカシミヤのロングコートだった。このちんちくりんの私が、ロングコートを着るなんて想像もつかなかった。

「身長は関係ないわよ。似合うか似合わないかだけで」

これまで私はコートを買うときは、丈がとても気になっていた。背が低いので長すぎず、短すぎずというのが難しかった。しかしそのコートはほぼフルレングスに近い。ところがそれを試着してみると、とてもすっきり見える。

「私が知っている限り、今までは裾が少し広がったようなデザインのを着てたと思うけど、このすとんとまっすぐ落ちた感じがとても似合ってる。素材もいいし」

彼女は似合うと勧めてくれ、自分もこれとほぼ同じタイプのコートを持っていて、とても重宝に使っているという。私の身長でも着られたことに驚いていると、彼女が

ウールの濃紺の幅広パンツを持ってきてくれた。ワイドまではいかないけれども、ストレートパンツよりはゆとりがある。

「下半身が重くならないかなあ」

そういいながら試着してみると、これまた意外にすっきり見えた。

「落ち感が大事なんだと思うわ。張りがあると難しいけれど、生地の厚さもほどほどですとんと落ちているから、シルエットがとてもきれいだし。比べるためにこっちも穿いてみる？」

私が最初に手に取った、ふだん穿いているタイプの、着慣れ、見慣れているパンツも試着してみたら、

「あれ？　こういうのをずっと穿いてたんだけど、実は似合わない？」

と首をかしげた。すると友だちも店員さんも、

「あまりに普通でつまらないし、大人としてのニュアンスが感じられない」

と口を揃える。つまりごく普通のスラックスを穿いているだけ、だったのである。

私がそういったタイプのパンツを穿いていたときは、必ずお尻《しり》を隠すことが前提だった。なのでお尻が隠れるカーディガンやチュニックを上に着ていたのだが、勧めてもらった幅広パンツだと、丈が短めのカシミヤのフード付きカーディガンで、お尻が見えても変じゃない。だいたいお尻を隠さないと着られないパンツは、もともと私の

体形に合っていなかったのかもしれない。

「それだとバランスがいいわ。とてもよく似合ってる」

友だちの言葉に、私もへえええと思いながら鏡を見ていた。そしてロングコート、幅広パンツ、丈が短いカーディガンを買って帰ってきた。

そしてクローゼットを開けて、手持ちのものを処分しなくてはならない。まず手にとったのは、ステンカラーのコートである。ライナーともども処分箱に入れた。また冬に気に入って着ていた、裾が広がったスタイルのニットコートも処分した。友だちもこの印象が強いので、「裾が広がったコート」といったのだろう。買った当初はよかったけれど、これもステンカラーのコートと同じで、着ているうちに「あれれ感」が強くなってきていた。上半身にボリュームを出し、下半身はスリムにというパターンには当てはまるのだが、おばちゃんが着るにはボリュームがありすぎるような気がしてきたし、風が吹くと、広がった裾から冷たい空気が入ってきて、寒かったこともあって、さようならした。

新しくウールのパンツを購入したので、これまで持っていた、ストレッチの黒いクロップドパンツを二本処分。買ったときはこれが自分の定番だと思っていたのに、それが相当ずれていたようだ。トラッド系は排除ということで、そのパンツに合わせて着ていたVネックの薄手のロングニットカーディガンのシルバーグレーと紺色も処分。

ついでにおじさん臭のする、こちらもトラッド風味の、こげ茶と濃紺のセーター二枚を処分。

　私はこのステンカラーのコートと同じブランドが好きで以前から買っていたのだが、根本的に似合わないものを買い続けていたのかもしれない。いや、当時は似合っていたけれど、おばちゃんになって似合わなくなったのか、自分ではよくわからないのだけれど、今は必要がないものになってしまった。友だちにアドバイスを受ける前は、当たり前のように袖《そで》を通していたものが、自分の目で納得すると、同じセーターやコートでも、着たいという気持ちが薄れていた。罪もない服には気の毒だが、さよならすることになってしまった。ものは芋づる式に増えていく場合もあるが、その逆に芋づる式に減っていく場合もあるのだ。

　新しく買った服は、どちらかというと外出用なので、そのための衣類は多少減った。しかし普段着のほうには手をつけていない。寒い秋冬は、家では裏起毛のストレッチデニムを穿《は》いている。そのパンツはパターンがいいのか値段の割にはシルエットがきれいで、何より他のデニムよりも温かいのがいい。その上に長袖のTシャツ、気温によってセーター、カーディガンを重ね着して過ごしている。カーディガンは靴下用のドイツ製の毛糸を二本取りにして編んだ私の手編みで、ネットに入れて洗濯機でがんがん洗っても大丈夫なので、重宝している。長袖のTシャツはコットンのボートネックで、外出時のインナーとして何回か着て、襟元がよれはじめたら、普段着にしている。Tシャツは随時チェックして、着用が難しいとなったら、すぐにカットして掃除用の使い捨て布にするので、だぶついていない。

秋冬の外出着は揃ったけれど、春先の外出時に着るつもりで買った、普段には着られない、ちょっとお洒落《しゃれ》目の服が、着ないままクローゼットの中でじっとしていた。これを羽織れば少しお洒落な感じになるだろうと購入した、淡いグレーのモヘアで編まれた薄手のボレロ風のジャケットで、裏なしで丈が短く裾《すそ》が広がるデザインになっている。自分なりにコーディネートを考え、白いTシャツと黒いスカートでも、これを着てアクセサリーをつければ、レストランのランチくらいには出かけられるので、重宝しそうと購入したものの、着る時期がなかったのである。

冬のコート下には少しもこもこするし、春先にはモヘアの印象があるので、見た目が温かすぎる感じになる。特に最近多い、三月に気温がぐっと上がるような状態では、着ているこちらも暑くなりそうだった。購入してから三年以上経ち、着る機会もないまま、ずっとクローゼットの隅にぶらさがっていた。着用できずに申し訳ないがお別れした。夏の外出にはこればかり穿いていた、夏喪服のスーツのスカートも、疲労感が露骨に出ていたので処分。丈が長めの薄手ウールの黒のタイトスカートもバランスが難しく、これからは着る機会がなさそうなので処分した。

服は少し減らしたものの、最低、七割は減らさないと減ったとは思えないという教えの通り、減ってすっきりした感じはしない。冬服は友だちのアドバイスによって、基本形ができつつあるが、春夏物は手つかずなので、冬物を購入した店に行こうと思っていたところ、タイミングよく彼女が、

「春物を買うけど、一緒に行く？」

と声をかけてくれた。

「フォーマル向きじゃないワンピースと羽織物が欲しい。それと夏用のパンツも」

「ああ、ワンピースは面倒くさくなくていいわよね。私もワンピースが欲しいって思ってたの。パンツもこの間のはウールだったし、別の素材のがあるといいわね」

これまでまったく興味がなかったワンピースだが、ここ二、三年の間に、猛烈にワンピースに興味が出てきて、試しに通販のセールで一枚買って、六月はじめの会食に着てみた。会った人は、

「そういうのが欲しい」

と褒めてくれたけれど、素材のせいか湿気が中にこもってしまって、とても暑かった。それですぐに処分してしまった。今の洋服は素材が複雑に入り交じったものがあるので、着てみてある程度の時間、動かないとどういう感じになるかわからない。人それぞれに感じ方が違うけれど、私は湿気に弱いので、熱気がこもるのがいちばん辛《つら》

いのだ。

素材は×だったけれど、ワンピースのよさを再確認した。まずコーディネートを考えなくてよく、すとんと着ればいいのでとても楽だった。単品をコーディネートする着回しもいいのだけれど、それが基本と思って服を買ってきた私が、それが経済的で便利だったかというと、そんなことはなかった。学校を卒業して会社に勤めていた頃から、今までの四十年以上もの間、衣生活において、これでよしと納得したことがない。

たとえば使い勝手がよさそうだと購入したセーターも、こっちのスカートには合うけれど、こっちのパンツには丈が短いし、シンプルなスカートも、こっちのカーディガンには合うけれど、このジャケットとは丈のバランスが悪いなど、デザイン等によるバランスがうまくいかず、その結果、それぞれのアイテムの枚数がふくれあがる結果になっていた。

しかしワンピースならば、コーディネートは簡単である。それに合わせて薄手、厚手の羽織物を購入しておけば、すぐにセットが完成して、それにスカーフやアクセサリーを加えれば、変化もつけられる。それに多くの場合、ワンピースはどんな席でも礼を失しないからだ。すぽっと着られて、失礼ではないワンピースは、私にとってこれからいちばん、愛用できるアイテムではないかと考えるようになった。

これまでワンピースを敬遠していたのは、上下がつながっているために縦の長さがすぐにわかり、背の低さが目立つと思っていたからだった。実際、若い頃にワンピースを試着してみると、いまひとつぴんとこなかったし、店員さんもワンピースではないアイテムを勧めてきた。ところが身長は変わらないのに、ワンピースを着ても自分でも変だとは思わなくなった。前が自意識過剰で、今が捨て身なのかはわからないが、私の頭の中はこれまでのシャツやパンツなどの着回しよりも、

「ワンピース」

に変わっていった。お出かけセットだったら、私はひと月のうちに外出する機会はほとんどないので、各シーズン最低三セットあれば十分だと考えた。そうなったらワンピースが十二枚と気温に添った羽織物があったら、相当ワードローブがシンプルにできる。歳を取ったら着物か、十和田市現代美術館にあるロン・ミュエクのスタンディング・ウーマンみたいに、ワンピースにソックスとフラットシューズというスタイルが、いいなと思っていたので、それが徐々に近づいてきたのかもしれなかった。

私の意向を友だちが私の担当になったKさんに伝えておいてくれて、店にいったらすでにセレクトされたワンピースと、羽織物が用意されていた。Kさんイチ押しのワンピースは、紺白のほどよい大きさの綿のギンガムチェックで、ノースリーブでウエストから下がランダムに布地を接いだようなフレアが入ったデザインになっている。

かぶって着るので、ファスナーなどもついていない。ひと目で気に入り試着したら問題がないので購入を決める。

ジャケットは白の厚手のコットンで、ボタンがないデザインになっていて、丈はウエストから少し下くらいで短い。

「やっぱり上物は丈が短いほうがバランスがいいわね。次はパンツなんだけど、これはどうかしら」

友だちがラックから選んでくれたのは、サルエルパンツだった。

「えっ」

サルエルパンツはとてもじゃないけど似合わないと思っていたデザインだった。以前、コットンのものを試着したのだが、もっさりとして本当に似合わず、

「たくさん芋が取れたでよー」

といいたくなるような労働着にしか見えなかった。これはお尻《しり》が小さくて足がすらっと長いスタイルのいい人じゃないと無理だと、そそくさと脱いだのを覚えている。その話をしたら、

「コットンはだめなのよ。張りがあるからね。これは落ち感があるから、ボリュームが出ないし似合うと思うわ」

と彼女もKさんもうなずいている。

そんなに勧めるのならと穿いてみたら、トリアセテートとポリエステルなので、ほどほどに生地の厚みがあり、かつ垂れてくれるので、私の欠点だらけの体形をうまく隠してくれて、瘦《や》せてみえる。おまけにウエストがゴムなので、とても穿きやすい。

「ほーら、似合うじゃない。私はね、穿きたくてもだめなのよ」

友だちはため息をついた。私と同年輩とはいえ、スポーツクラブにも通い、どこにも無駄な肉がついておらず、すらりとしてスタイルがとてもいいのに、それが逆に災いするらしい。

「お尻にボリュームがないから変なのよ。パンツが立体的にならないで、ぺたんとなって貧相なの。こういったデザインはある程度、お尻がちゃんとあって肉付きのある人じゃないと似合わないと思う」

たしかにデザイン的に、ヒップ回りにはボリュームがあるが、足首に向かっては相当に細くなっている。細い人だとめりはりがなくなるのかなと、素材違いのサルエルパンツ姿を見ながら、

「へええ」

と不思議な気持ちになっていた。もちろん私は短足なので丈は詰めた。

「それにさっきの白いジャケットも上に着られるしね」

そうか、これもお尻を出しても大丈夫なのだと試しに羽織ってみたら、まったく問

題がなかった。これはどうですかとKさんがニットのロングカーディガンを持ってきてくれた。膝下《ひざした》まで丈がある。しかしぞろりとした感じは否めない。

「うーん、せめて膝上が限界かな」

私が首をかしげると、

「お尻を隠す丈でぴったりの長さを選ぶのは、ちょっと難しくなるわね」

と友だちもうなずいた。

次にKさんがそのパンツに合わせる、夏用の幅広で丈の短いてろんとしたトルコブルーの薄手のセーターを持ってきてくれた。前後身頃の四角、袖《そで》の四角がつながったような、曲線がないシンプルな形だ。

「それだとカジュアルな雰囲気になって、いいかもしれないわね」

そういいながら試着してみると、ボートネックの襟開きが大きいような気がする。

「襟ぐりが大きくない？」

すると友だちはじっと私の姿を見ていたが、「そう感じるのは、首の両側に何もないからだと思うの。たとえば長めのネックレスをかけたら、襟開きが分断されるから、そんなに気にならないんじゃないかな」

たまたまそばにあった、ネックレスをかけてみたら、襟開きが気にならない。

「何かネックレスは持っているでしょ」

「あなたがくれたネックレスが、これにぴったりじゃないかな」

「ああ、そうだ。ぴったりよ。よかった」

それを見たKさんが、白地に薄手の茶色とトルコブルーの柄の、コットンスカーフを持ってきてくれた。色合いはぴったりである。

「そのコーディネートにはいいんだけど。そのスカーフ、他に使うときはある？」

手持ちの服を考えてみると、他には使えそうにない。布好きなので、薄手のコットンスカーフも持っていたが、最近の暑さでは、夏場に首に何かを巻くのはやめてしまったのだ。「ううん、ないと思う」

「それじゃそのスカーフはなしね」

友だちとそういう会話をしながら、ああ、こんな具合で、どんどん買わなくてもいいアイテムが増えていったのだと思い出した。これを着るために、こういったアイテムを加えるといいですよといわれ、私もその気になって、スカーフやら何やらを買ってしまった。その理由はそれがあったら着回せると考えたのだが、結局、そのスカーフはそのコーディネートにしか使えず、死蔵するはめになっていったのだ。

襟開きが広い場合の、カバーの仕方も教えてもらったので、そのセーターも購入した。Kさんがサルエルパンツの上に着るTシャツを勧めてくれたが、友だちが、

「まずこの着方に慣れてから、Tシャツを買ってもいいじゃない。どうしても欲しか

ったら別だけど」

まず慣れるのが大切なので、友だちの意見に従った。

ワンピースはノースリーブだけど、四月、五月だったら、白いジャケットを着ればいいし、それ以降の時季だったら、手持ちの丈が短めの丸首の薄手のカーディガンが羽織れる。ワンピース、ジャケット、サマーセーター、サルエルパンツを購入した。これまでの定番、トラッドのどれとも違い、どれも今まで購入してきた服とはまったくダブらないデザインのものばかりだった。

ファッション業界にいた友だちの服の買い方を見て、私は買う服へのチェックに感心してしまった。彼女に比べたら私の服の買い方なんて、ぬるすぎてぬるぬるだった。まずワンピースが欲しいとか、スカートが欲しいとか、目的を持って店に行く。そして店でよさそうなデザインを何着か選んだ後、試着をするのだが、そのチェックがとても厳しいのだ。たとえば胸の開きが三センチほど深かったとする。すると、

「こうしたらいかがですか」

とアクセサリーやスカーフなどの巻きもの、インナーの登場となる。しかし彼女は、私にアドバイスしてくれたように、そのためにしか使えないものは買わないし、そうしなくてはならないものも買わないのだ。ポケットの位置にしても、

「これでまあ、いいいか」

という選択は彼女にはなかった。

たとえば直しが可能か、直してバランスが崩れないか。裏返して縫製のチェックも怠らない。サイズがぴったり合ったとしても、

「これから何回着るかな」

といいながら、鏡の中の自分を見ている。とにかく試着、試着の連続なのである。こちらから見てまったく問題なく、似合うと思う服でも、彼女は着る回数を想像して、購入を決定する。私がよくやっていた、

「とりあえずあれば、着るかも」

は絶対にないのだった。

彼女の買い物も決まり、私たちは店の近くの喫茶店で、しばらくぼーっとしていた。そんなに厳しく服を買うときにチェックしているのに、それでも着なくなった服があるらしい。

「へえ、あんなに厳しくチェックしているのに」

「そうなのよ。厳選して買ったつもりなのに、それでも着ない服が出てくるのが不思議なのよね」

厳選買いしている彼女がそうなのだから、「あったら便利」主義の私のクローゼットに、着ない服がだぶついているのは、当たり前だった。彼女はそういった着ない服

は、知り合いがブランド品のリサイクルショップを経営しているので、そこで委託販売してもらっていて、売れ残って引き取ったことはないという。彼女はセンスがとてもいいし、ほとんど直しなしで着られるけれど、私の場合は大物になるほど、袖丈直しなどが必要になってくるので、着なくなったとはいえ、まず販売できないだろう。

「丈はぴったりなのに、どうしてこの服は袖が短いのかしら。それにこのパンツは、幅がちょうどいいのに、股下《またした》がずいぶん短い」

といわれてしまいそうだ。だから売ることもできず、捨てるしかないのだ。

家に帰って夏用の薄手パンツ三本を捨てた。どれも冬に穿《は》いていて処分をした黒のパンツの、薄手タイプのクロップドパンツである。

そしてそのパンツを着るために必要だった、尻隠《しりかく》しのカーディガンも二枚捨てた。二枚だけのつもりだったのに、白い薄手のカーディガンの袖に、しみがあるのを発見し、洗ってみたが取れないのがわかったために捨てた。綿ローンの七分袖のチュニックも、それを着るととても涼しいのだが、色合いが暗くて暑苦しく感じるようになったので処分した。四点購入して七枚処分。この調子でどんどん服の入れ替えを進めていきたい。

その後、ワンピース熱は冷めず、ブラウスとスカートでワンピース風に見えるものは残し、着回しのためのシャツ、ブラウスなどは全部捨てたが、ワンピースや丈の短い厚手のニットカーディガンなどを購入した。これまでは特に冬は冷えるので、パンツスタイルは必須《ひっす》だったのだが、漢方薬局に通うようになってから、冬に寒さを感じないようになった。先生がいうには、自分の体内で熱を作れるようになったかららしいのだが、冬には絶対にパンツというスタイルが、崩れてきたのである。ワンピースとはいえ、私が着るのは、体のラインが出たり、露出が多いものではなく、冬であればタイツを穿いて着られるようなものばかりなので、腰回りを温めれば冬でも大丈夫だと思う。

結果、現在の服の枚数は、喪服、パジャマ、肌着は除き、四十三枚である。前回の『欲と収納』のときから比べて、七枚しか減っていないが、ワンピースを基本にしていく過渡期なので、これからはもっと減らせるし、減らすことも全然、怖くなくなってきたので、クローゼットががらがらになるのも夢じゃないと、自分でも期待しているのである。

服だけではなく、それに付随する小物類も処分しなくてはならない。アクセサリーを入れてある、内法《うちのり》幅四十四センチ、奥行き三十七センチ、高さ六センチの、チェストの上段の小引き出しを開けると、買ったものを片っ端から入れて、整理したことがないものだから、古いものも新しいものも、ごちゃまぜになっている。こちらもまず重い物から処分する鉄則を守り、長年、愛用していた、スティーブンデュエックのシルバーとブロンズのチェーン、合わせて二本、イミテーションパールと金属製のボールが交互に入っているネックレス一本を処分した。

この三本には本当にお世話になった。何かポイントが欲しいとき、存在感のある太めのチェーンや、白蝶貝《しろちょうがい》、クリスタルのペンダントヘッドが目につくようで、いろいろな人に褒められた。チェーンとヘッドが別々に選べるところと、どこか和風の雰囲気もあって、どんな服にも使いやすかったのだ。しかしシルバーのチェーンのほうはすぐに黒ずんできて、使用後、金属磨き用の布で拭《ふ》いていてもどうしても取れず、首にあたる部分が黒くなっているのがどうしても気になり、ひんぱんに購入店に磨きに出さなくてはならなかったのと、やはり重いのは我慢できなくなってきた。疲れているときは、首にかかる重さがずっしりと感じられ、これをつけるとそのときの体調がわかったりした。

最近は前ほど重く感じたりはしなくなったのだが、これから歳を取るにつれて、この重さは辛《つら》く、処分をすると決めた。三本とも相当の回数、使っていたので、自分でも使い切った感があり、処分するのも迷わなかった。白蝶貝やクリスタルのペンダントヘッドは、帯留、根付けに転用できそうだった。他に主に夏につけている、ベビーパールとビーズがからみあったもの、台湾で購入した珊瑚《さんご》、などがあるが、これらは軽量なのでそのまま残した。

ネックレスも新しく選ぶ基準はもちろん軽さである。大昔に買った、パールのネックレスは軽くていいのだけれど、珠《たま》の大きさによってはカジュアルにつけるのは難しくなるし、汗をかく時期にはどうしてもつけるのを躊躇《ちゅうちょ》してしまう。しかし必要なものなので手元にあるパール類はそのまま残しておいて、カジュアルにつけられて軽いものはないかと探しているときに、ロンドンのブランドのビーズネックレスを見つけた。試しに買ってみたらとても軽く、ビーズのアクセサリーにありがちな、安っぽい感じがまったくなく、おまけに値段が何千円という、とてもお手頃の願ってもないものだった。

同じデザインの色違いを二本、違うデザインの少しボリュームがあるものを一本購入したが、これだけでもカジュアルめの外出はまかなえそうだった。他にコットンパールや球状のシルクをつなげたロングネックレスなど、軽いものを数点残した。五個持っている指輪は、今回は処分しなかった。ドミニック・ローホーさんのように、指輪はひとつだけという心境にはまだなれないが、いちおうこの小引き出しのみを、アクセサリー入れにしているので、ここからはみださなければいいかなと、様子を見ているところである。結局プラスマイナスゼロで、数は減っていない。ベルトについては黒と茶のシンプルな二本しか持っておらず、昔、ヒップサイズに合わせて買ったスカートのウエストがゆるかったときに、使ったくらいで、最近はまったくといっていいほど使っていなかった。おまけにワンピース主義に移行しつつあると、余計にベルトを使う機会はなさそうだったが、幅と長さがぴったりくるものを見つけるのは難しいので、とりあえず様子見で残しておいた。

スカーフはある時期、まとめてバザーに出してからは、一枚も購入していないので数は増えていない。そのうちの一枚は、色合いが似合わなくなった気がしたので、ソファの上に置いてあるクッションを包み、クッションカバーとして使っている。という意味では身につけられるものは一枚減った。

スカーフは見ると欲しくなる可能性があるので、デパートの売り場にも行かないし、カタログも見ない。スカーフはアクセサリーを入れてある引き出しと同じサイズの、隣の引き出しにたたんで入れてある。布好きとしては、きれいな布を手放すのはとても心苦しいものがある。前回、バザーに出すときに、断腸の思いで選んであるので、ここからまた選ぶのは少ししんどいのだ。

最近、購入したワンピースはすべて無地なので、スカーフで彩りを添えて、使えればと考えているが、こちらもドミニック・ローホーさんのように、スカーフは一枚でいいときっぱりといえないところが、私の踏ん切りの悪いところだ。スカーフというのは、デザイン上よく考えられてプリントされていて、四角形の布の結び方や、たたみ方をいろいろと変えて、一枚で様々な表情を見せるものだといわれている。しかし何十パターンも結び方があるとはいえ、そのうち自分の好みにも合い、似合う結び方は数少ない。

首の横にバラの花みたいに布をまとめて、前後に布を垂らすような形があったり、三角形に折って頂点の二枚を首の後ろで結び、底辺の両側を後ろに回して背中で結び、ブラウス風にするという使い方も、欧米の金髪モデルがしていると素敵だが、私がやろうとしても、金太郎の腹掛けみたいになるのが関の山である。スカーフの使い方のパターンはたくさんあるけれど、似合うもの、使えるものは、本当に少ないのだ。

とてもファッションが好きで、あれこれ研究するタイプの人は別にして、一枚のスカーフを使って気に入ったようにアレンジできるのは、せいぜい二、三パターンではないだろうか。私もインターネットでスカーフの巻き方をチェックしたことがあるが、たくさんあって驚いた。まるで手品のように一枚の布が、変化していくのを見るのはとても面白く、モデルの女性にはすべて似合っていたが、観客から当事者になって冷静に考えると、やはり難しかった。

そうなると結局、いつもと同じような結び方になり、そうなるといつも同じ色合い、柄が出ることになってしまうので、他の色柄のものも欲しくなってくる。で、ふと気がつくと引き出しいっぱいになっていて、断腸の思いでバザーに出したというわけなのだった。物を捨てるのが怖くなくなったといいながら、それがすべての物品ではなく、物によってはおよび腰になっているのが問題である。正直、「誰か、私に似合うものだけ選んでちょうだい」

と叫びたくなる日もあった。

そのなかで生成り地の無地場が多いスカーフがあって、洋服では地色の関係で少し使いにくかったのだが、帯揚げとか、コートの肩滑り布には使えるかもしれないと、着物のタンスのほうに移動した。スカーフを使って、バッグや草履を作ったりするサービスもあるようだが、そうすると私にはより使いにくくなりそうな気がするので、四角い布のままで置いておいたほうがよさそうだ。落ち着いてからもう一度、すべて顔に当ててどれを処分するべきかを、検討したほうがいいと思ったので、こちらは保留である。一年で四枚あれば十分かもしれない。それを目指してがんばろう。そしてこれだけになったら、アイテムの着用期間チェックもできるかもしれない。やはり全体を分析して、可視化できるのとそうでないのとでは違う。再びチャレンジしようと考えているところである。

肌着

目に付いていた、不要な大物はなんとか家の外に出した次は、目に付いていないものの処分である。まずどこから手をつけるべきかと考えた結果、

「下着の数がこのところ増え続けているような……」

と思い当たった。たとえば服の持ち数をチェックする企画があるが、多くの場合、それにはパジャマや下着、靴下は含まれない。ただそれらも、身につける衣類の数の内であるのは間違いないので、物を減らすためには数を見直す必要があるのだ。

私は下着は、作り付けのクローゼットの中に、無印良品の引き出し四個を入れ、そのうちの二個に入れている。一個は上半身につけるもの、もう一個は下半身につけるもので、下着のほうのパンツは、こちらのほうが使い勝手がいいので、脱衣所の引き出しの中に入れている。

ミニマリストと呼ばれる人たちのなかには、パンツは三枚でいいという意見もある。着用、洗濯中、在庫ということなのだろうが、毎日、手洗いして干しておけば、それでも足りるかもしれないが、雨が降り続いたら乾かないし、特に最近は梅雨時だけで

はなく、ずっと湿気が多い日が続いたりするから、なかなか乾きそうもない。かといってそのたびに乾燥機を使うのも無駄のような気がする。

そんな話を、「とにかく所有物を少なくする運動」を、一人でやっていると胸を張る友だちとしていたら、彼女は、

「そうよ、下着なんてたくさんいらないわよ。体はひとつしかないのに。私は一年中、下着はタンクトップとパンツのセットが三組だけよ。ソックスも同じ黒い色のものが三組だけしか持ってない」

といいきった。

「えっ、靴下も？」

「そう。冠婚葬祭でストッキングが必要になったら、その都度一足だけ買って、履いたらそのまま持ってはいるけど、この間、黒いのは穴が開いちゃったし、ベージュのは靴の内側の黒い色がついたから、すぐに捨てちゃった。だから今はゼロ」

というのだ。ストッキングが必要になったら、今はどこのコンビニやドラッグストアでも売っているので、持っている必要はないというのだ。

ふだん、友だちや知り合いに、

「パンツ何枚持ってる？」

などと聞かないし、そうなると持っている数の話題も出るはずがないので、彼女の

肌着の数の少なさを知ってびっくりした。彼女は毎晩、家族三人分をまとめて洗濯機を動かし、一気に乾燥させて、朝、そこから衣類を出して着る。

「現代的な生活なのねえ」

とつぶやいた私に、彼女は首を横に振った。

「都心の狭い一戸建てだと、外に洗濯物を干しにくいし、事実、干せないのよ。陽当たりの問題もあるし、近所の家から、『窓を開けてお宅の洗濯物が見えるのはいやだから、外に干さないで欲しい』なんていわれたりするらしいのよ」

マンションでは洗濯物のベランダ干し禁止という物件もあるらしいが、一戸建てでも周囲の環境で思い切り洗濯物を干すことができないとははじめて知った。洗濯乾燥が必須《ひっす》であるならば、洗濯乾燥機が壊れない限り、どんな天気でも洗濯物が乾かない心配がないので、三セットでも大丈夫だろう。

「だからうちの衣類は、洗濯、乾燥に耐えるものしかないの」

たしか綿や絹は乾燥機とは相性が悪いと聞いたことがある。合繊のほうがダメージが少ないという話だったが、私が持っている下着はみな自然素材ばかりなのだ。

でも体にいちばん近い物は、上に着るものよりも着心地を選ぶし、いちおううちも洗濯乾燥機ではあるけれど、ほとんど洗濯脱水のみの機能しか使っていない。あまりに雨が続いて洗濯物が溜《た》まったときに、洗濯乾燥のフルコースを使ってみたら、オーガニックコットンのパジャマを、なんだこりゃ状態にして以来、雨続きの日以外は乾燥機機能は使っていない。彼女が肌着、靴下を三組で済ませているのはとてもうらやましいが、それには素材を選ぶ必要がある。ずっと天然素材の肌着しか身につけたことがないので、最近の合繊の肌着、特にパンツは穿《は》いたことがない。もしかしたら快適かもしれないし、いまひとつかもしれない。チャレンジしてみる必要はあるかもしれないが、今のところ私は自分の生活に折り合いがつくところで、数を減らさなくてはならないのだ。

友だちの衝撃的な「下着と靴下三セット」になるべく近づけるようにと、クローゼットの引き出しのうち、まず上半身の肌着が入っているほうを抱えて、リビングルームの床に、着物を着るときに使う衣裳《いしょう》敷きを敷いて、その上にがさっとすべて出してみた。

「えっ、こんなにあった？」

四角い引き出しのなかに入っていたときは、そんなふうに感じなかったのに、全部出してみたら、結構な小山が出来ていた。

「はあ……。これ、全部は、絶対に着ていない」

手近にある肌着を手にしては、ああ、これもあった、あら、こんなのもと、今まで野放しにしていた肌着の管理不足を心から反省した。

もともと私は肌が弱く、合成繊維が使われていると、そこにあたった部分だけ肌が赤くなってしまうので、ずっと木綿、絹が主だった。そのうち乾きが速いという利点と、着心地がいいのとで、絹が中心になっていった。山になった肌着のなかで、ブラジャーが二枚しかないのは把握していた。若い頃はフランス製のコットンレースのものとか、いろいろと試しに買ってみたけれど、体がしぼんで乳もしぼんでAカップになった今では、色、柄を楽しんだり、寄せたり上げたりという機能を重視するよりも、まずサイズを探すのが大変になってしまった。ワコールのラゼのものだとAカップがあり、私の撫《な》で肩でも肩紐《かたひも》が落ちないので、何の飾りもないシンプルなデザインの、ベージュ系の色を二枚持っている。家ではスカートはほとんど穿かないので、外出用のシルクの膝下《ひざした》と膝上の、黒いキュロットペチコートは一枚ずつ。これ以外の肌着の枚数は把握していなかったのだ。

かたわらにゴミ袋を用意し、肌着の小山を崩してみると、びっくりするくらい、タンクトップばかりである。キャミソールタイプだと、紐が肩から落ちてしまうので、それを避けるために、タンクトップのほうを選んでしまうからだ。

シルクタンクトップ　ベージュ　六枚
　　〃　　　　　　　黒　　　三枚
シルクキャミソール　ベージュ　二枚

〃　　　　　　　　黒　　二枚
シルクカップ付キャミソール　白　一枚
〃　　　　　　　黒　一枚
〃　　　　　ベージュ　一枚
綿混カップ付タンクトップ　黒　三枚
〃　　　　　グレー　二枚

シルクタンクトップは一年中、肌着として着ている。ベージュが多いのは、ほどほどの厚さで質のいいものを扱っている、購入した店の色の選択肢が、ベージュと黒しかなかったからである。タンクトップは真夏でもTシャツの下に着ているし、汗をかくとすぐに着替えることにしているので、枚数が必要になってしまった。存在を忘れていた、綿混のグレーのカップ付タンクトップは、ボートネックのトップスのチュニックに色を合わせて購入したのだが、結局、そのチュニックは処分してしまったので、持っていても必要がないのに、そのまま引き出しの中に突っ込まれていたものだ。

これだけでも結構な枚数なのに、他にも出てきた。

シルクフレンチスリーブ汗取り付
　　　　　　　ベージュ　三枚
綿混汗取り付　〃　　ベージュ　三枚

〃　　　　　　　黒　三枚
〃　　　　　　　白　三枚

一枚ずつでいいのに、どうしてこんなにあったのだろうか。汗取り付は、脇の部分が少し厚くなっていて、汗が衣類にしみ出さないような作りになっている。私は気に入って購入したものは、できるだけ長く着たいと考えていたので、夏服の劣化を防ぐために、これらは必要なものだった。しかし、最近は、

「手頃な値段のものを、ワンシーズンで着倒したほうが、入れ替えもできるし、それに必要な肌着も厳選できるのでは」

と考え方が変わり、ワンシーズンなら、このような汗取り付は必要ないのではと、すべてゴミ袋に入れた。とりあえず十二枚は処分できた。

その他にも、

シルク半袖《はんそで》シャツ　　白　三枚
〃　　　　　　　　　　黒　三枚
シルク七分袖シャツ　　白　三枚
〃　　　　　　　　　　黒　三枚
表ウール裏シルクタンクトップ
ベージュ　三枚

裏起毛七分袖シャツ　白　三枚

見事な三枚地獄である。人間は数を選ぶとき、つい「3」を選んでしまうのだろうか。パックから取り出していない、機能性肌着も白一枚、黒二枚で、こっちも三枚である。機能性肌着については、洗濯を重ねるたびに肌に合わなくなってくるので、夏用、冬用すべて処分したのに、まだこんなにある。

「だめだ、これはっ。だめだってば」

思いもかけず、相当量になっているのに我ながら驚き、自分を叱るために声を出した。私は防汗、防寒という用途はすべて捨て、「とにかく所有物を少なくする運動」をしている友だちの真似をしてみようと、試しにタンクトップ、キャミソールのみにして過ごす実験をしてみた。冬は暖房が効いているのだから、寒かったら上に着るもので調節すればいいと決め、袖のある肌着はすべて処分してしまった。綿混のカップ付タンクトップのグレーも捨てた。なので手元にあるのは、二枚のブラジャーと十九枚のタンクトップ、キャミソールのみである。多いのか少ないのかはわからないが、引き出しがすかすかになったのは事実である。そして今のところ、袖のある肌着を着なくても、ほとんど問題ないとわかってきた。あとはタンクトップ、キャミソールが十九枚は枚数が多いような気がするので、せめて半分にはしたいと考えている。それでもふつうのタンクトップと、カップ付と分けて、引き出しの中で適当な紙箱に分けていれたら、なんとまあ、見やすいことか。絹は消耗が激しいので、着用不可になったら補塡《ほてん》をせずにそのままにしておけば、意外に数は減らせるかもしれない。これは希望であるが。

次は下半身用の肌着である。こちらは上半身用に比べて枚数が少なく、七分丈、あるいはフルレングスのいわゆるズボン下、パッチの類《たぐい》である。

シルクフルレングス　白　三枚
〃　黒　三枚
シルク七分丈　白　三枚
〃　黒　三枚
シルク七分丈裏起毛　白　二枚
モダールフルレングス　ベージュ　五枚

これらは冬に着物を着たときに、防寒のために下に穿くのと兼用にしている。こちらもほぼ三枚地獄なのだが、こんなにいるだろうかと、目の前にずらっと並べて考えた。それぞれどれくらい身につけたかというと、着物のときに着たくらいで、パンツスタイルのときは、薄手でも下半身が着ぶくれして見えるのではないかと気になって、ほとんど着ていなかった。しかし下半身は温めた方がいいと聞くしなあと思いつつ、もう一度よく考えようと、衣裳敷きの上に出しておいたまま、処分する枚数は保留にした。

翌日が漢方薬局に調剤してもらっている薬を取りに行く日だったので、先生にこの話をした。すると、

「もう自分の体で熱を作り出せるようになっているから、そんなに肌着を重ねて温めなくても大丈夫よ」

といわれた。たしかに体に溜《た》まっていた余分な水分を外に出してから、暑さももちろん、特に寒さには強くなったような気がする。水を溜めているときは、暑いときは汗が出ないか、それとは反対に汗がだらだら出るか、寒いときは悲しくなってしまうくらい体が冷えて、家でも上下に重ね着をして、だるま状態になっていた。しかしここ数年はそんなこともなく、以前に比べて薄着でも平気になってきたのだ。

「捨てちゃえば。平気だから」

先生はきっぱりといった。

「そうですね、捨てちゃおうかな」

家に帰ってそのままになっていたパッチ類を、不備はないかと一枚ずつ点検してみたら、モダール製のものは着用頻度も多かったため、すべて膝《ひざ》、臀部《でんぶ》など圧力がかかる場所が部分的に生地が薄くなっているのが判明して全捨て。裏起毛も考えてみたら使っていなかったので、これも全捨て。シルクのフルレングスと七分丈の、いちばん

状態のよい白、黒各一枚ずつの全部で四枚だけ残して、あとは捨てた。上に着る肌着の引き出しの中に紙箱を入れて、そこにパッチ四枚を入れた。上下の肌着がひとつの引き出しに収まって、すっきりした。今まで引き出しを開けて、

「これか、あれか」

とひっかき回して、ずるずると絡まって、全部がつながって出てくるのを鬱陶《うっとう》しく思っていたのとは、何という違いだろう。まるまる一個、空になった引き出しは、とりあえずそのままにしておいた。

一度にやろうとすると、私の性格上、飽きてどうでもよくなってくるので、靴下の整理は三日後に着手した。靴下はチェストの引き出し二つにいっぱいに入っている。隣のチェストの上の引き出しには、それぞれアクセサリーとスカーフが入れてある。とにかく何も考えずに、すべてを衣裳《いしょう》敷きの上にぶちまけると、こちらもびっくりするほどの山になった。

「買ったはずなのに、どこにいった」

と探していた靴下やら、何十年も前にイタリアに行ったときに買った豚柄のソックス、なぜかストッキングと一緒に、記憶にもなかった飾りもほとんどない、シンプルなガーターベルト一枚まで出てきた。春夏用の薄手、秋冬用のやや厚手、防寒用のもこもこ、インナーソックス、ソックスの丈の短いの、ハイソックス、パンスト、タイ

ツのデニール違いと色違いなど、こちらも相当な数が引き出しの中に溜まっていた。

「はああ」

あまりの自分の整理能力の欠如にがっくりきた。友だちのソックス三足とは大違いである。それぞれを衣裳敷きの上でジャンル分けしてみると、素材の違い、色違いがあるために、数が増えているのもわかった。

バラ売りしていなかった、パンプス用の
三足一パックのインナーソックス　二パック
野蚕五本指ソックス　生成　五足
コットンのインナーソックス　黒一足
〃　グレー一足
〃　ブルー一足
〃　グリーン一足
コットンショートソックス　紺三足
〃　黒五足
〃　グレー二足
〃　辛子色一足

（辛子色以外、ウールも同数あり）

麻ショートソックス　メランジ柄
濃紺一足
〃　ブルー一足
〃　グレー一足
〃　薄茶一足
ハイソックス　濃紺二足
〃　黒二足
イタリア製子供用豚柄ソックス　一足
チェック柄のソックス　三足
パンスト　二足
〃　喪服用　黒一足
ガーターベルト用ストッキング　二足
80デニールタイツ　黒五足
〃　濃紺三足
〃　焦げ茶一足
〃　グレー一足

裏起毛ウールハイソックス　グレー三足
ウール厚手ショートソックス　赤一足
手編みソックス　二足
もこもこソックス　三足
（夏用には麻があったり、秋冬用はウール）

読者の方が送って下さった、もこもこソックスは、冬の風呂《ふろ》上がりに履くと、とても温かくて愛用していて、これは残しておく。

しかしこんなに山になるほど持つ必要は絶対にない。靴下もシーズンごとに持つのはやめて、一年中使える素材のものを選んだ。麻のものと裏起毛のハイソックスは全捨て。愛用していた野蚕の五本指靴下は、どれも着用が難しくなったので捨て、ふだんに使うソックスの総数は、三足だとちょっと厳しいので六足にした。色は紺、黒、グレーでウールは捨てる。豚柄のソックスは履いていたソックスとすぐに履き替え、履いていたものはゴミ袋の中である。インナーソックスは、そのときに履くであろう靴に合わせて、黒とグレーを一足ずつ。私は柄よりも無地の服を着ることが多いので、アクセントになるかと思い、チェックの靴下を柄違いで三足持っていたが、ずっと使わないままになっていたので、それも捨てた。パンプスは生足では履かないと決めて、インナーソックスはすべて処分した。

三足組で二足残っていた未使用のパンストは残し、黒も喪服用なので念のために残す。黒と濃紺のハイソックスも一足ずつ残し、どこからか飛んできて引き出しの中に入っていたとしか思えない、ストッキングとガーターベルトも処分。いちばんよく履く、80デニールのタイツのうち濃紺二足を残し、黒は冬の喪服用のために一足とっておいてあとは捨てた。どうして黒ではなくて濃紺を残したかというと、どこかで黒いタイツよりも濃紺のタイツのほうが、足が細く見えるという話を読んだからである。まだ試したことがないので、本当なのかはわからない。赤のソックスは還暦祝いにいただいたものだし、手編みのソックスも自分で編んで愛着があるので残した。

余計なことは考えず、単純にぱっぱか捨てていったら、あっという間に山が小さくなり、積まずに並べられる数になってくれた。衣類の持ち数調べに、肌着と下着が含まれないのは、盲点ではないかと思った。これは私だけかもしれないけれど、小物はかさばらないし、気に入ったものがセールになっていたりすると、つい洗い替えがいると複数買ってしまっていた。靴下も三足だったら千円などと表示されていると、一足しか必要ではないのに、消耗品だからいいかとつい買って数が増える。消耗品だったら、数はそんなに増えないはずなのに、結局はほとんど消耗していなかったのだ。服はまだ目につくけれど、肌着や靴下の数までは把握しておらず、いざ出してみたら、

「こんなにあったのか」

とびっくりした。どれも私の整理能力の欠如によるものなので、自業自得なのだが、こまめに数をチェックしておかないと、いざすべて取り出してみると、どんな小さなものでも気がついたときには、部屋の中に小山ができると思い知ったのである。特に冬の必需品だった、裏起毛のハイソックスがとてもかさばって困っていたので、引き出しがスムーズに開閉できるようになったのが喜ばしい。

ソックス三足とはいかないが、まずこれを基準にして減らしておきたい。パンツと同様に、

「靴下どのくらい持ってますか」

と聞いたことがないので、多いのか少ないのかわからないが、私としてはずいぶん減らしてすっきりした。本当ならば、靴下の数を聞かれて、

「はい、○枚です」

と答えられるのが、自分の持ち物を把握でき、管理できている証拠なのだろう。だから私が管理できていたのは、ブラジャーだけということになる。ブラジャーの枚数を聞かれたら、

「はいっ、二枚です」

とAカップの胸を張って答えられたのに、聞いてくれる人がいないのは残念だった。

今回は年間通して履ける素材でふるいにかけたけれど、そのソックスも黒だのグレ

ーだのと色違いを持たないで、全部を同じ色に決めたら、もっと管理が楽になるだろう。ただしパンツスタイルのときはともかく、スカートでソックスを履く場合、短足の私だと微妙にソックスの丈が問題になってくる。そういったことをあれこれ考えると、また買う物が増えてしまうので、それだったらスカートのときに履くソックスの丈をすべて決めてしまうとか、冬はタイツに決めてしまえば不要になる。いっそのことスカートをやめてしまえば悩む必要はなくなるかも。

などと考えていたのだが、衣類の整理をしているうちに、外出のときにはワンピースを着るとほぼ決めてしまったので、それに見合うソックス、タイツは取っておくことになった。ワンピースに合う丈のソックスにしておけば、パンツを穿《は》く際には問題ないので、これからはワンピースを中心に、ソックス丈を選んでいけばよいのだ。

これよりももっと減らすとなると、家で着る服と外出用の服とを統一できればいちばんいいのだけれど、ふだん家にいて家事をしたり、仕事をするにはパンツスタイルのほうが楽なのだ。着物のときもあるけれど、そのときは平気なのはどうしてなのだろうかと考えてみると、まあ他人様《ひとさま》に見せられないが、掃除の際には裾《すそ》をからげているる。下にはいつもステテコを穿いているので、パンツスタイルを踏襲しているといえばいえなくもない。

まずはこの減らした数が私の靴下の所有数のスタート、上限として、これからは損失補塡《ほてん》をしないで、順次減らしていく。しかし客観的に見るとこれでも多いような気がしている。タンクトップと靴下の三セットのみは、相当にハードルが高いけれど、せめて靴下を十足くらいにしたいものだと、考えているのである。

パジャマについては、特に持たない人も多い。わざわざ買わなくても、外に着て出るのがちょっとためらわれるようなスエットやTシャツなどを代用している人も多い。なかには部屋着も兼用で、家に帰ってそれに着替えたら、そのまま寝て、朝、そのままコンビニに行って買い物をするという人もいる。それだったら持ち数も少なくて済むし、そういう点ではいいのだが、私には難しいのだ。

子供のときからの習慣で、必ずパジャマには着替える。部屋着とも別である。そうしないとどうも具合が悪いというか、けじめがつかない。しかしそれは物が増えるということでもある。聞いた話によると、パジャマに着替える行為は、寝るためのスイッチが入るそうで、快眠の第一歩らしい。私自身は夜、入浴するので、風呂《ふろ》からあがるとそのままパジャマに着替えてしまうので、それが快眠に影響しているかどうかはわからない。ただ寝付きがいいのは取り柄なのだが。

以前は肌に合わない布が体に触れると刺激を感じていたので、パジャマもオーガニックコットンに限っていたが、綿素材であれば大丈夫になってきたので、パジャマの選択肢も広がってきた。冬はガーゼを重ねたパジャマ、夏はプリント柄の薄手ガーゼのパジャマを着ていた。洋服では花柄はまったく着ないので、パジャマで花柄が着られるとうれしく、色もオレンジやピンクなど鮮やかな色合いだったので、なるべく派手目な柄を選んで、夏、冬、それぞれ三枚ずつ持っていた。

　それらのパジャマは洗濯回数が多いために劣化も激しく、しばらくは同じものの柄違いなどを買い替えていたが、素材を神経質に考えなくてもよくなったので、試しに無印良品の、オーガニックコットンではないパジャマを買って着てみたら、何の問題もなかった。それからは買い替えはすべて無印良品の厚手のもの、夏は薄手のものを買っていた。

　しかし何年か前に熱帯夜が続いたときがあり、寝付きのいい私もさすがにまいってしまった。寝るときにクーラーは使わないので、その他の方法で体に負担がかからず、蒸し暑い夏を過ごせるものはないかと考え、思いついたのが高島《たかしま》ちぢみだった。高島ちぢみは昔、夏になるとおじいちゃんやおばあちゃんが、よく着ていた素材だった。いわゆるクレープといわれるしぼのある織り方の布である。肌にべたっとくっつかないので、下着、ワンピース、シャツなどに使われていた。国産というのもよい。

　夏の日中にTシャツを着ていると暑いので、それに替わるものをと探していたとき、それを思い出して、

「おばあちゃん風ではない、高島ちぢみの衣類はないのか」

と探してみたら、「ｓｏｕ・ｓｏｕ」というブランドが、ブラウス、パンツ、ワンピースを作っていて、それを着てみたらＴシャツとパンツよりもずっと涼しい（私感）。そこで夏の部屋着は、基本的のこちらの高島ちぢみのものと決めて、風通しのよさを味わっている。そこで同素材でパジャマがあれば、快適なのではと考えたのだった。

パジャマで探すと、最初に出てくるのは、昭和風味のおじいちゃん、おばあちゃん向きのものがほとんどだが、なかに襟なし半袖《はんそで》のトップスに、膝下《ひざした》丈パンツの若い人向きのパジャマを売っているところがあった。ピンクとグレー、グレーとイエローなどのバイカラーになっていて、着るのが恥ずかしかったが、外に出るわけではないと、早速それを購入して着てみたら、素材のせいかふつうの平織りの綿よりもはるかに涼しく（これも私感）、熱帯夜をしのげたのもこのパジャマのおかげと感謝している。

その後、初夏、夏の終わりなど、微妙な時季に着るものも欲しかったので、トップスは肘《ひじ》丈、パンツは七分丈の高島ちぢみのパジャマ二枚も別の店舗で購入した。これは大胆なプリントのものだった。二〇一六年の夏の夜はそれほど暑くなく、肘丈のパジャマで大丈夫だったので、半袖のパジャマの出番はなかった。しかしこれからどんな暑さが襲ってくるかわからないので、この半袖パジャマはおばちゃんが着るには恥ずかしいが、持っているつもりである。

パジャマの数は、春秋冬用として二枚だったのだが、友だちからプレゼントされた、お洒落《しゃれ》なパジャマが加わって計三枚。初夏用に肘丈袖七分丈パンツのものが二枚。もともと持っていた無印良品の長袖、十分丈パンツの薄手のものが二枚。猛暑用が二枚。全部で九枚というのは、多いのか少ないのかわからない。単純に考えれば毎日着替えたとして、最大七枚あれば十分なのだけれど、夏にクーラーをかけないという理由から、他の時季はともかく、夏のパジャマ選びは大きな問題なのだ。

また気温差が激しい時季には、天気予報で寝ている時間帯の気温をチェックして、最低気温に合わせてパジャマを選んだりもする。それぞれの季節、気温に合わせた素材選びが必要なのだ。室温をエアコンで一定に調整して寝る人は、私のようにこまめにパジャマを選ぶ必要はなく、同じ素材で一年中過ごしても問題はないが、私はそうではないのでパジャマで調整するしかない。一度着たら洗濯して、気温を考えてパジャマを選ぶ。これらの九枚を繰り回して、一年間の夜を過ごしているのである。

靴、バッグ

最近、理由はわからないのだが、また靴のサイズが変わった。前に変わったときは、自分では幅広になった自覚がなかったのに、ワイズが3Eだったのが4Eになり、

「なぜだ！」

と納得がいかなかった。しかし今回は幅が3Eに戻って22・5センチが23センチになった。私史上最大体重を誇っていた高校生のときの体重は六十キロで、当時履いていた靴は24・5センチだった。その後、二十キロ近く痩《や》せたら靴がぶかぶかになり、足にも余分な肉がつくのを知った。体重の増減によって足幅が広くなったり、狭くなったりする経験はしたけれど、足の縦寸法がこの年齢になって大きくなるなんてあるのだろうか。でもまあ、そのおかげで靴が選びやすくなったのはありがたいが、サイズの小さい靴はどうやっても履くのは難しいので、家にある靴をあらためてすべて履いてみて、買い替え、あるいは処分する必要が出てきた。処分だけならいいけれど、買い替えとなるとまた出費が嵩《かさ》むので、なるべくならそれを抑えたいと思いつつ、玄関にある作り付けの靴箱から靴を取り出した。

服と同じように、靴も重いものは苦手になっている。ふだんはいつもスニーカーだが、履き込んで型崩れ寸前のものが二足あったので処分した。実は、

「もうちょっと履けるかな」

と思っていたのだが、玄関に並べて置いておいたこれらの靴の上に、運悪くネコが毛玉を吐いてしまい、あわてて拭《ふ》いてみたものの、ネコ草の緑色なのか何なのかわからないけれど、微妙な色のしみが取れず、二足共捨てるしかなくなったのだ。この一件がなかったら、しつこく履いていたかもしれないが、捨てるきっかけができたので、よかったと考えたほうがいいだろう。パワークッション内蔵のこれらの靴はとても履きやすく、私の足にも合っているので、前のは22・5センチだったのを、23センチに変更してデザイン違いのものを購入した。

　プレーンでどんな服にも合っていた、黒のローヒールも、サイズが変わる前に買ったもので、幅はゆるいもののつま先がきつくなったので処分。当面、こういったタイプの靴を履く予定はないので、買い替えはしなかった。そのかわりに弔事用の布張りのローヒールを購入した。私は黒のローファーさえあれば、何とかなると思っていたのだが、長い間、気に入ったものがみつからなかった。その後、エナメルではないが、メフィストというメーカーのローファーを見つけ、気に入って履いていた。しかしそれもきつくなったので処分してしまった。すでに入手不可能になっていて、買い替え

ができなかったのは残念であった。

外出のときによく履いていたのは、ビルケンシュトックの「アナポリス」というタイプの靴で、何年も愛用していたのだけれど、しっかりとした革靴なので、だんだん重く感じるようになってきていた。ネコがじゃれついたりもしたので、甲の部分にひっかいた跡も目立つ。根性下駄でもないので、履いて筋力が付くわけでもなく、靴が重いとなると、履くのをためらうようになってしまった。

久しぶりにビルケンシュトックをのぞいてみると、「アナポリス」は製造中止になったらしく、ほとんど同じデザインの「ルートリンゲン」が発売されていた。試しに履いてみると、アナポリスよりは革が柔らかい感じで、そのためかやや軽い。最初は厚手のしっかりした革に慣れていたので、心もとない気がしていたが、足に負担がかかりにくく、これだったらまだ私にも履けると、黒と茶を買った。足のサイズが変わっても、ビルケンシュトックの場合は、ゆとりがあるので前と同じく、サイズは36で大丈夫だった。「アナポリス」は処分した。

このルートリンゲンも、おでこ靴のようなデザインで、足の甲のストラップ部分はベルクロになっている。履いていてもどこも圧迫されず、歩いていて気持ちがいいうえに、私が外出時に着ている服にも合った。前に購入した同じくビルケンシュトックのサンダル、「バリ」は夏の終わりにソックスと合わせて履いたりしていたが、たまたま他の店で見かけたポルトガル製のサンダルが軽くて履きやすく、気に入って履いていた。

そのメーカーで靴も出していると知って、靴を履いてみると、信じられないくらいに軽い。おまけに丸洗いできるのである。これはいいわいとスリッポンタイプを買ってきて、二十分ほど歩く、隣町にある歯科医院に歯のチェックに行くときに履いてみたら、軽いのと水に濡《ぬ》れても関係ないというのは、とてもよかったのだが、何というか、地べた感がとても強かった。

軽いということは、靴の底も薄いわけで、そこがいつもパワークッション内蔵のスニーカーを履いている立場としては、歩くたびに感じる地べたがちょっと辛《つら》かった。若い頃、カンフーシューズが流行《はや》って、中国雑貨を売っていた「大中《だいちゅう》」で買ってきて、履いたときの感覚と同じだった。カンフーシューズも基本的にウォーキング用には作られていないので、靴底が薄かったのだ。

靴は軽ければ楽と思っていた私は、想像していなかった地べた感に驚き、

「うーん、履き心地はとてもいいんだけど、長距離は無理だな」

と判断した。よく履き心地のいい靴の表現として、裸足《はだし》で歩いているような感覚などというけれど、この靴はまさに、別の意味で裸足で道の上を歩いているような気分になった。靴を買うのは服よりも難しく、何足か持っていても、全部、自分の足にぴ

ったりという靴はないのではないか。私はハイヒールは履かないけれど、たとえばクリスチャンルブタンの靴は、見ている分には本当に美しい。銀座《ぎんざ》や青山《あおやま》に用事があって、たまに出かけたりすると、ルブタンの靴を履いている女性を見かける。

(それは本当に履きやすいのか。欧米女性の足型に合わせて作られているから、ものすごーく幅が狭いのでは？　もしかして足の中は纏足《てんそく》状態か、詰め物だらけになっているんじゃないか)

履いている女性たちに聞きたくなる。私が見たのは若い女性ではなく、五十代の女性ばかりだったが、体形は私とどっこいどっこいだった。なかには胴体は典型的な日本人体形でも、手足が細くて長い、パーツが外国人仕様の人もいるので、みんながみんな美しい靴を履くために、苦行を我慢しているわけではないだろうが、妙に足元だけしゅっとしているのを見ると、首をかしげてしまうのだ。

私は外見よりも実を取るので、使用感がいまいちだと、所有している意味がなくなる。そのスリッポンは、一、二度しか履いていないが、履いたのが夏場だったので、きっと汗もかいただろうから、バザーに出すのは申し訳ないので処分した。

アンクルブーツ、ゴム引きの長靴は、もともとワンサイズ大きめを買っていたので、問題なし。最近は突然大雪が降り、そのときに外出する用事があり、足元が不安定で困ったので、雪道対策用の防寒ハーフブーツは新しく購入した。まだ転倒するような状況は経験していないが、やはり転倒事故は避けたいので、念のためである。

その他、厚底の革靴など、流行り物もふらふらっと買ってしまったので、靴の数は慶弔用、雨雪専用のものを除き、十足と増えてしまった。スペースの問題があるので、何か減らさなければと、靴箱のいちばん上に置いてある草履を点検していると、まったく気がつかなかったのだが、側面に薄茶色の波形のしみが浮き出ている草履がみつかった。それは雨上がりの日に、今日は雨が降らないから大丈夫だろうと、江戸小紋に合わせて履いた、シルバーグレーの草履だった。何にでも合って気に入って履いていたのだが、それ以前にも雨上がりに履いた記憶があり、

「もしかしたら前回に履いたときは、すでにしみが浮き出ていたのでは」

という疑問がわき上がり、

「恥ずかしい」

と一人で赤面してしまった。残念ながらこうなると修復は不可能なので、十年以上、お世話になった草履だったが、さようならした。もう一足、派手目な鼻緒の下駄も、おばちゃんには難しいと判断してバザー用の箱へ。草履と靴とでは、基本的に用途が違うので、数を調整するのは変かもしれないが、絶対量の調整の苦肉の策である。

バッグについては、前回、使えるのではないかと残しておいた、プラダのバッグ二個は、結局、処分した。愛用していたエナメルの茶色のバッグも傷や汚れが取れなく

なり、寿命がきたと判断して、これからも使う気がない黒のほうも一緒にさよならした。一気にバッグの数が減り、どうしようかとデパートの売り場を歩きながら考えていると、着物にも洋服にも、私の身長にもぴったり合う、こぶりなハンドバッグが目についた。試しに持ってみても、バランスがとてもよく、入荷したばかりで四色あったうちでいちばん地味な、ブルーを購入した。

そのバッグを持っていると、とても褒められた。購入したときに選ばなかった他の色は、オレンジ、赤、緑など、鮮やかな色合いだったので、

「他の色がもしも入荷することがあったら知らせて欲しい」

と頼んでおいたら、ベージュが入荷したと連絡があった。現物を見てみたら、一年中使えそうな色だったので、同型のこの色違いも購入した。

このバッグは製作過程でネコが大好きなものを使っているのか、帰ってすぐにソファの前のローテーブルの上に置いておいたら、うちのネコがささっと跳び乗ってきて、ぐるぐるいいながら、体をバッグにこすりつけて、うっとりしていた。またたびに類するようなオイルでも使ってあるのだろうか。何度使った後でも、バッグを見るとネコが尋常ではない状態ですり寄ってくるし、布袋に入れておいても、鼻をくんくんさせながらその前から離れない。バッグからネコに対して、とても興味のある何かを発しているのは間違いない。ネコも私も大好きなバッグなのである。

ここで前と比べてマイナス二個なので、あと二個は買えると思ってはいけないのだと、心に決めていたが、ありがたいことに知り合いから、バッグを二個、プレゼントしていただいた。一個は白の四角いバッグで、夏、着物を着たときに使わせてもらっている。もう一個はプラダのコットンのバッグで、白地に黒のホルスタイン模様になっていて、無地の服を着たときに持っている。

ショルダーバッグは体のバランスが崩れてしまうので、完全に使わなくなった。ショルダーバッグを使っていた理由は、両手が空く利点があったからだ。また手に持つよりも重い物が持てるというところが、会社帰りに必ず本を何冊か買って帰っていた私にとってはありがたかった。漢方薬局の先生は、

「バッグはどちらかの手に掛けるし、ショルダーもほとんど人は交互に掛けるんじゃなくて、掛けるほうの肩が決まっているでしょう。体のバランスのためにいいのは、リュックタイプなんだけどね」

といい、彼女は薬局に通うのに、両手が空くリュックにしているのだという。外出時というよりも、買い出しをするときは、片手でエコバッグを持つよりも、リュックのほうが楽だろうなと思い、ひとつ購入してみたのだが、店で見たときは何とも感じなかったのに、家に帰って背負ってみたら、どこか変なのだ。もともと私はリュックがとても似合わず、若い頃、友だちがかわいらしく背負っていたリュックを背負わせ

てもらったら、ものすごく似合わなかった。友だちも、

「あははは」

と笑っただけで、似合うとはいわなかった。しかしあれから年月も経ち、少しはましになっているのではないかと思ったのだが、いまひとつだった。それがどうして店で見たときに、大丈夫だと判断したのか、自分でもよくわからない。

お洒落《しゃれ》感は皆無だが、だからといって山登り感があるわけでも、家出感、買い出し感があるわけでもない。とにかく私の背中に、ふくらんだものがついているのが、似合わないのだ。帯だって背中にふくらんだものがついているわけなのに、どうしてリュックがだめなのかわからない。これは残しておいて、似合う似合わないに関係なく使う、防災用のリュックとして使うことにした。

エコバッグは一枚だけにして、それをずっと使っているが、丈夫で酷使に耐えてくれている。それで足りなそうなときは、スーパーでもらったレジ袋を一枚だけとっておいて、それを一緒にバッグの中に入れている。そのレジ袋が持つのに辛い状態になると、二円おまけしてくれるのを我慢して、新しいのをもらうことにしている。

年齢的に弔事が多くなっていて、そのときに持つものにも変化があった。そういった場で使うバッグや靴はひんぱんに買い替えるものではないけれど、前にも書いたように、靴のほうはサイズが変わったのを機に、布張りのものに買い替えた。バッグは

何十年も前に買ったものを使っていたけれど、どうも使い勝手が悪かった。いちおう儀礼的なものなので、かっちりしていて角がしっかりしたデザインだったのだが、開け閉めをするのもスムーズにいかないし、見かけよりも中に物が入らない。

バッグはこぶりでも大丈夫かと思っていたのだが、気温によってはコートを羽織るまではないが、行き帰りに首にスカーフなどを巻きたいときもあるけれど、財布、袱《ふく》紗《さ》、ハンカチなどを入れるとそれでいっぱいで、たたんでいれると絶対に皺《しわ》になるようなスペースしかない。雨が降りそうだったら、折りたたみ傘を持ちたいときもある。弔事用の薄手のサブバッグも売られているけれど、あれこれ物を持つのもいやだし、少し大きめのものは売られているが、弔事用として販売されている、布張りのものは値段が高いのだ。何回も使うものであれば、多少の出費は我慢するけれど、弔事用はコストパフォーマンスが悪いのである。

かといって大人なのに安っぽいものを持っているのも、どうなのかなあと悩んでいたら、デパートの通販で、老舗《しにせ》のブラックフォーマルメーカーと、有名デザイナーの共同企画の、弔事用トートバッグを見つけた。幅三十センチ、高さ二十センチで、黒地に図案化されたバラのような花柄が、控えめに浮き織りになっている。これだったら物も入るし、礼を失しないとすぐに購入した。これでこのバッグが損傷しない限り、弔事の際にずっと使い続けられるだろう。

衣類もそうだけれど、私の年齢になると、飽きたから捨てるというよりも、サイズ変化の問題、使い勝手の問題が大きい。去年と今年が大違いなのである。物を減らすのは大前提だが、減らしつつ自分の体に合う物に買い替えていく必要がある。これから歳を取るにつれて、これまで以上に体形、体力、感覚の変化があるだろう。若い頃の、

「定番はこれ」

と決められなくなった今、すべて流動的なものなのだなあと強く感じる。そして変わりながら減らしていくのを、肝に銘じなくてはならないのに、靴とバッグに関しては、ほとんど減らせていない現実に、頭を抱えるのである。

キッチン

「とにかく所有物を少なくする運動」を一人でやっている友だちは、二年ほど前に前に住んでいた家を売り、前よりも狭い都心の家に引っ越した。そのとき、ほとんどの家具を処分してきたのだという。よく家族がいる人だと、自分の持ち物は処分できるが、夫や子供たちの所有物はどうするかが問題になるようだが、彼女の場合は、

「うちの場合は、パパも娘も私よりも物が少ないから楽だったの」

という。二十代の娘さんもお洒落をしたい年頃なのに、一枚服を買うと持っている服を必ず一枚処分するので、前の家でも部屋はすっきりしていたというのだ。

「パパや娘はベッドは持ってきたけれど、私のタンスやベッドは捨ててきちゃった。今は床にマットを敷いて寝てるの」

そして、

「ベッドも捨てたら？　私が使っているマットは、折りたためるし、寝心地もいいし。ベッドって置いちゃうと、どうしようもないじゃない。かといって布団の上げ下ろしは大変そうだし。今はいろいろと便利なものが出ているから、それを使ったほうがい

いわよ」

と勧めるのだ。新しい家に引っ越したときに購入したのは、リビングルームに置くテレビ台だけだったという。

彼女は料理好きだけれど、食器棚も処分して持っていない。ただ高級洋食器を集めるのが趣味だったので、リビングルームに飾り棚を置いて、その中に入れているが、ふだんに使う食器は、キッチンの上の棚に収まるだけにしたという。シンクの上が戸棚になっているのだが、その下段が隙間のあるステンレスで作られていて、洗ったものをその中に入れると、自然に器についた水滴がシンクに落ちて、水が切れる状態になる。家族三人だがそこに置いておける分だけで、十分足りる。娘さんの友だちが五、六人遊びに来ることもあるが、それでも苦労したことはないらしい。

鍋《なべ》類もテレビ通販で買った、ノンスティックの鍋セットのみ。扱いも簡単だし、洗うのが簡単だと、鍋が少なくてもすぐに他のおかず作りにとりかかれるので、数はいらないという。

「そして使ってだめになったら、また新しいのと買い替えるの。そのときはもっと性能がいいのが売られているでしょ」

たしかに電気製品と同じく、キッチン用品も使う人のニーズに合わせた商品が、次々に売られている。鍋類も重いのが苦手になってくるので、自分の生活環境に合わせて、柔軟に対応したほうがいいのだろう。

「だから何でもかんでも持っておく必要はないの。物は少なくて十分なのよ。ねっ、だから捨てなさい」

食器はわかったが、食材はどうしているのかと聞いたら、パントリーを作って、全部その中に収納しているという。キッチンスペースは狭くなったけれど、全部がそこに収められるので、かえってよかったといっていた。

私の住まいは賃貸だし、家族もいないので彼女のすべては真似できないけれど、キッチン関係のものも減らしたいと考えている。しかし稲垣えみ子さんのように、冷蔵庫は処分できないし、トラックでがらくたを処分したときに、電気オーブン、食品ストッカーの引き出し、ゴミ箱を持っていってもらったのが、キッチン関係での大きな物の処分だった。これが私にとっての第一段階である。

ゴミ箱はメーカーが、廃棄のときは引き取るとあったので、それで買ったのにそのシステムがいつの間にか反故《ほご》にされていて、むっとした代物である。蓋《ふた》はついていたが夏になるとゴミをビニール袋に入れて捨てていても、どうしても臭いが漏れてくるし、長年使っていて汚れも取れなくなってきたので捨てた。次に購入したのはブラバンシアの三十リットル用で、うちの狭いキッチンに置いたときは、

「でかっ」

とちょっと後悔したのだが、臭いも漏れないし、シンプルな円筒形なのでよしとしている。

レンジ台と調理台の上のオーブンがなくなり、一時はすっきりしたと喜んでいたのに、今ではまた、

「あーあ、まだ物がたくさんある」

と最初に戻っている。物が減った直後は、減ったとうれしいのだが、目が慣れてくるとやはりまだ物が多い。来客があっても料理は出さないと決めて、カトラリー類を三本ずつにしたけれど、自分一人分の一本ずつでいいのではないかと、フォーク、ナイフなど二本ずつ捨てた。前に比べて量は少なくなったはずなのに、目に入るところに、ごちゃごちゃと物があると、どうしても圧迫感を感じてしまうのだ。同じ場所に入れてある、某料理番組の通販で購入した、料理の盛りつけもできるという、大型スプーンも捨てた。金属製で音が気になるのと、それを使わなければ盛りつけできないわけでもなく、私にとっては特に便利でもなかった。

ついでにキッチンスケールも捨てた。デジタル式で一グラム単位で量れるものだが、作動しなくなったので、調べてみたら電池が切れていた。これに使うボタン式電池を買うのをころっと忘れていて、買い置きもない。これからこのスケールを使うたびに、電池の買い置きの心配をしなくてはならないのかと考えると面倒くさくなり、毛糸を

量るのに使っていた、何十年も使っている上皿に物をのせて量る、アナログ式のものがあるので、これをキッチンに移動させた。

以前はほぼ毎日編み物をしていたので、上皿に毛糸がついている可能性があるもので、食材を量るのはどうかと考えて、このスケールを購入したのだが、今は前ほど編み物をしなくなったので、そのまま棚に置かれていた。アナログタイプは五グラム単位だが、一グラム単位を量るような料理は作らないので、これで十分だろう。デジタルの場合は風袋の分をのぞいて量れるけれど、アナログの場合はそれができない。しかしまあ目盛りを見ながら量ればいいわけで、それくらいは頭を使うようにしよう。

作り付けの収納以外は、高さ百二十センチのステンレス製の棚一つだけで、いちばん上にはオーブントースターが置いてあり、その棚に冷蔵庫に入れない食品類が置いてある。ラップ類は調理台下の引き出しに移動させた。卓上精米器も置いてあって、最近、買い替えて、私の食生活には、これからずっと必要だと思っていたけれど、インターネットで検索してみたら、五分搗《づ》き米、七分搗き米を販売しているとわかって、

「これを購入すれば精米器はいらないかも」

と考えはじめた。使うのは苦ではないが、物を減らしたい身としては、代用できるのであれば、そうしたい。玄米を使う分だけ精米して食べるのは、とてもおいしかった。試しに分搗き米を購入してみて、問題なしとわかったら、これからはそれを購入

して、精米器は捨てると決めた。

どうして片づいた気がしないんだろうと、キッチンの中を眺めていた。長方形の長辺のところにシンクや調理台などが設置してあり、残りの部分の、人が移動したり冷蔵庫を置いたりするスペースがどのくらいかと測ってみたら、二百五十リットルの冷蔵庫と、直径三十センチほどのゴミ箱が置いてあるスペースをのぞくと、二畳分もないのだ。

「この棚、ここからどかせないかな」

便利に使っている棚で、不要品整理のときも、候補にもしなかったけれど、この棚がキッチンから無くなれば、相当すっきりする。まずオーブントースターをオーブンが置いてあった奥の調理台のほうに移動。棚の上のほうが便利がよかったのだが仕方がない。次に棚の上のカゴに入れてある食品類である。見渡しても入れる場所は、シンク上の物入れしかない。ここには竹製のザルやカゴ、密閉容器などが置いてある。ここを整理して食品を入れておくしかない。

物入れの棚の高さを測って百均に行き、持ち手がついたつり戸棚用ストッカーを二個買ってきて、そこに食品を入れて物入れに収納。棚の食品は奥行きを合わせた四角いカゴに入れていたのが、そこからあふれて雑多な文字が見えてくると、雑然とした感じになる。そこでカゴはキッチン用手ふきの手ぬぐい在庫入れにして、冷蔵庫の上に置く。食品の在庫はいつも見えていたほうが在庫がはけていいのかもしれないけれど、特にさまざまな食品の在庫を持っているわけでもなく、中に入っているものはだいたい頭の中に入っている。といいながら、完全に忘れているものが、カゴの中にあった。ホワイトペッパー、ブラックペッパー、パプリカ、チリパウダー、クミン、オレガノ。オーガニックのスパイス類の瓶である。ずいぶん前に、スイートチリソースやら、ニョクマムやら、私にとってこういった特殊な調味料類は、今までの経験上、一度か二度しか使わないのだからと、在庫一掃して買うのはやめていた。なのに、料理本を見てたまには洋食もいいなと思い、作るにはスパイス類が必要だと知って、また買ってしまったのだ。ホワイトペッパー、ブラックペッパーは何度か使ったけれど、それ以外のスパイスの瓶の蓋を、ほとんど開けた記憶がない。おまけに消費期限を見てみたら、ブラックペッパー以外、すべて終了していた。

「もったいないことをした」

と後悔しながら、中身を捨て蓋は不燃ゴミ、瓶は資源ゴミに出す。最近は和食よりも、洋食系の料理を作る人が多いけれど、そういった人々は、スパイスを購入してちゃんと使い切るのだろうか。家族がいる人だと消費量が多いから、それも可能だろうが、一人暮らしだと相当辛《つら》い。といいわけをしてしまうが、今後、スパイスの購入は自粛せねばならない。下手な欲を持ってはいけないのである。

棚に残っているのは、精米器といちばん下の段のネコ缶である。

「うーん、精米器……」

こうなると精米器が邪魔になってきた。重いものだし、冷蔵庫の上には置きたくないので、オーブントースターの隣しか置くところがないので、そこに移動させる。移動したはいいが、ぎちぎちになってしまったので、今度は、

「もしかしたら、オーブントースターも処分できるのでは」

と考えた。私が住んでいる自治体のゴミ捨て基準によると、不燃ゴミは三十センチ以下の小型家電は可になっている。オーブントースターを測ってみると、横は三十七センチ、奥行き二十五センチ、高さ二十三センチで、自治体に温情があれば引き取ってくれそうだったが、区の粗大ゴミ用のホームページを見たら、オーブントースターは粗大ゴミ扱いになっていた。三百円支払うのは仕方がないが、明らかに粗大じゃないものだけを出すのは、こっちも面倒だし収集するほうも、何度も連絡されるよりは、まとめて出したほうがいいだろうと、今回は出すのを見送った。この積み重ねが三トントラック一杯の不燃ゴミの状況をもたらしたわけだが、他に処分しようと考えている家具があるので、それと一緒に出そうと考えたのである。

「今回はちゃんとやる」

心に決めて、処分は保留である。

うちのネコは一日、六種類のネコ缶を開けるので（すべて食べるわけではなく、どれも一口ずつ）、一匹しかいないのに、消費量がはんぱない。以前、外ネコのしまちゃんが来てくれていたときは、彼に残った分を食べてもらっていたのだが、そのうち彼さえいやがって食べなくなってしまった。在庫が何十個もあるので、銘柄別に積んであったのを、とりあえず段ボール箱に入れて、本置き場に移動した。シンク下を片づければ入るかもしれない。そうなると台所の掃除用品がストックしてある、シンク下の片づけが……。ところてん方式にしないと、物が入らない現実ではあるが、物を少しずつ減らしながら、棚を移動させなければならない。

前作『欲と収納』を書いてから処分したのは、キッチンで使う手拭《てふ》き用タオルである。近所のスーパーマーケットが販売している、プライベートブランドの白を六枚買って、一月から使いはじめ、半年間使ったら汚れが目立たなくても買い替える。これで問題なくやってきたのだが、うちの窓のないキッチンは湿気が多い日が続くと、どこか湿った感じがぬぐえない。近くで除湿器をかけてはいるのだけれど、手拭きタオルが乾かないのだ。麻にしたらどうかとも考えて、手元に一枚だけあったいただきものの、麻のタオルを使ってみたが、風があれば麻は急速に乾くけれど、風が通らない場所ではやはりいつまでも濡《ぬ》れている。

そこで以前使っていた手ぬぐいを復活させた。薄手ですぐ濡れるけれども、湿気の多い日はタオルよりは乾くのがましで、全体的に湿ってきたら、すぐに次のを下ろす。何枚使ってもタオルほどかさばらないので、日に二枚、三枚と使うこともあったが、こちらのほうが、湿気の多い日が続いたときは、タオルを使うよりもずっと清潔なような気がした。カゴに今まで集めていた手ぬぐいをたたんで、随時二十枚ほどストックしておく。手ぬぐいが濡れると新しいものをそこから取り出して、使っていたほうは洗濯用の洗面器に入れる。藍《あい》が使われているものは、色移りの可能性があるので、洗濯機には入れられないので、手洗いしている。天日干しではなく乾燥機を使う人にとっては、タオルでも問題ないのかもしれないが。

それと同じく、風通しの悪さと湿気が気になったので、食器拭きのタオルも使うのはやめた。特に神経質な質《たち》ではないけれど、朝食後、食器を洗う↓クロスで拭いて調理台の上で自然乾燥↓クロスが濡れる↓クロスが乾くのを待つ↓もしかしたら湿気で目には見えないけれど、空気中に浮遊しているカビ菌が繊維の中に入り込んでいるのでは↓昼食を作って食器に盛る↓食後に食器を洗う↓以下この繰り返し。クロスは毎日取り替えているが、その一日が気になった。持っている枚数も少ないし、薄地の手ぬぐいほど気楽に取り替えられないので、食器をクロスで拭くのはやめにして、掃除の際の使い捨て布にした。

キッチンペーパーはこれまでほとんど使ったことがなく、いらないのではと考えていたが、意外に便利に使っている。ペーパーで拭き、そのまま捨てるのはもったいないので、水滴を拭いたら紙を箱にためておく。そしてネコが毛玉を吐いたときに床を拭いたり、ちょっと気になったところを拭いたりと、必ず二次使用して捨てるようにしている。アメリカ製のペーパーも買ってみたが、これは吸水性はもちろん、水で洗って乾かしてまた使えるというすごさで、こんなものがあるのかとびっくりした。試しに何種類か買ってしまったので、これからどれかひとつに絞ろうと思う。これでキッチンの湿気に関して、気にならなくなった。

次は食器である。御飯茶碗《ぢゃわん》は子供用の茶碗と、くらわんか形のものを二つ持っている。どちらかひとつにしたほうがいいのだけれど、どちらかが割れてしまったら、残ったひとつを大切に使うつもりだ。あとは味噌汁《みそしる》用のお椀《わん》、大、小、豆皿、小鉢、それぞれ一個あれば十分だろうと、あとは処分した。イタリアンに関心がわき、それ用のプレートやら、二枚ほどを衝動買いしたと前作に書いたが、結局それらはこれまでに二、三度しか使わなかったので処分した。まったく何を考えているのやら、である。バザーに出すのは、限りなく未使用に近い品物が求められているので、二、三度使ったものはふさわしくなく、知らんぷりして供出するのは気が引けるので、捨てるしかないのだ。

不燃ゴミの日に、中皿一枚、衝動買いしたピーロパイッカを含む皿三枚を、その他の不燃ゴミと共に袋に入れて出した。朝、マンションの前に置き、近くのポストにハガキを出しに行って戻ってきたら、私が出したゴミの袋だけが消えていた。たった五分くらいの間なのに、いったい誰が持っていったのだろうか。半透明の袋なので、外からも皿が入っているのはわかるのだけれど、私が使いきれなかった皿を使って下さる方がいるのであれば、ありがたいとは思いつつ、ちょっと気持ちが悪かった。

知り合いから聞いた話だが、家に結婚式の引き出物としていただいた、食器セットがたくさん溜《た》まっていた。昔の引き出物なので、ノリタケなど老舗《しにせ》の質のいいものばかりである。とはいってもすでに家族四人で十分使える食器はあるので、どうせなら一気に処分してしまおうと、近くに店を出している業者に来てもらって査定してもらうと、一セット何百円にしかならなかった。それでもお金が欲しいわけでもなく、持っていってもらえればいいと思って承諾した。それからしばらくたって、その店の前を通ったら、その食器セットがびっくりするような高額で売られていたという。それを知って腹が立って仕方がなかったといっていたが、売値を知ってしまったら、怒りもこみあげてくるだろう。

私の捨てた皿はごく普通のもので価値は特にないし、一枚は北欧のものだが、デパートでも通販でも売られている。誰かが使うために持っていったのだろうが、できればイヌやネコ用の御飯のお皿に使ってもらえると、こちらも気分がいいな、などと思った。そしてキッチンにあった棚は、シンク上、下の物入れの整理の結果、無事、キッチンでは用済みになった。しかしこれをどこに置くか。今のところちゃんとした場所が決まらず、本置き場に仮置きしたまま、放置状態になっているのだった。

化粧品、美容

若い頃は肌が弱くてあれこれ試せないながらも、外に出るときは最低限の化粧をしていた。日焼け止めの上に粉をはたく程度のもので、マスカラもアイラインも眉毛《まゆげ》も描かなかったが、それでよしとしていた。やっと肌に合った化粧品が見つかっても、メーカーが潰《つぶ》れたり、リニューアルすると肌に合わなくなったりと、本当に肌に合う化粧品を見つけるのが難しかった。

だんだん敏感肌用向きの化粧品が世の中に出回るようになって、そのなかで合うものもあったが、こちらも使っているうちに肌にトラブルが出てきて、そのたびに使用をやめて、何も塗らずに肌の状態を元に戻し、敏感肌用ジャンルの別の化粧品を試し、そして合わなくなり、そしてまた別のものを試すという、繰り返しだった。

これがどういう結果を招くかというと、中途半端に残った化粧品が手元に残るということである。一個は問題なく使ったのに、二個目の封を開け、二、三度使ったら、

「あれ？」

という肌の状態になってしまう。試しにもうひと押しで使ってみると、より状態が

悪くなるので、こうなったら使用をやめるしかない。しかし残り少ないのならともかく、ちょっとしか使っていないものを捨てるのはしのびなく、

「もしかしたら、また使えるかもしれない」

と持っていた。そんな化粧品がごろごろしていた。他人様《ひとさま》に差し上げるわけにもいかず、化粧品が入れてあるカゴは使われていないものであふれかえっていた。

歳を取るにつれて、感覚が鈍くなってきたのか、化粧品トラブルは以前に比べてとても少なくなってきた。肌に負担がかからない化粧品が開発されたこともある。敏感肌は乾燥とも関係があるようで、敏感肌だと思っていた私の体の状態が、当時は水太りなのにうまく水分が体全体にまわらず、自分ではまったくわからなかったが、水分不足の乾燥肌になっていたのかもしれない。

あるときカゴの中で出番もないのに、ごろごろしている化粧品を見て、一気に捨てた。いつかは使うだろうと期待しつつ、すでに五、六年、経過していたからである。それでとてもすっきりして、トラブルが起きないものを使っていると、欲が出てくるのである。肌に合うものは、色がぴったりというわけではない。使い心地がいまひとつのものある。しかし肌にトラブルなく塗れるというだけで、当初はありがたかったのだが、そうなると、

「より肌の色に合うものがあるのではないか。毛穴がもうちょっと隠れるものがある

のではないか」

と期待して、めぼしいものを購入してしまう。ドラッグストアでプチプラコスメをたくさん売っているので、試し買いができる。これがまた数を増やす元凶になるのだ。そういった化粧品はパッケージもシンプルなので、こういっちゃ何だが、捨てるのも罪悪感がない。高価な化粧品は、だいたい中身はプチプラコスメと変わらないが、パッケージ、広告にお金をかけるから、値段がつり上がっていく。そういった化粧品を買って、肌に合わないとパッケージがきれいだと、捨てるのに躊躇《ちゅうちょ》してしまった。持っていてもどうにもならないのに、えいっと処分できなかった。

しかしこの年齢になると、そういったものにはごまかされず、実を取る。私は外出先で化粧直しはしないので、ケースはいらないと、パウダーファンデーションのリフィルだけをずっと買っていたときもあった。今はクレンジングがいらない、石けんで落とせるミネラルファンデーションの、粉ではなくプレストタイプを使っていて、なるべく変質しないように、ケースには入れるようにしている。でも外出時には小さな手鏡は持って出るが、ファンデーションは持っていかない。

いちおう使うものは落ち着いたのだが、ふと疑問に思った。顔を洗い、昔から必需品のように日焼け止めを塗って、そのうえにファンデーションを塗っていたが、両方に日焼け止め効果がある。重ね塗りをしてもSPF値を合計した効果ではなく、高い

ほうの数値の効果しかないと聞いたのを思い出し、なるべく肌には塗りたくない私は、ずっと当たり前のように習慣で塗っていた、

「日焼け止めって必要か」

と考えたのである。日焼け止めかファンデーションのどちらかでいいのでは。私はファンデーションよりも、日焼け止めでのトラブルのほうがずっと多かった。どんなに肌にやさしいとはいえ、肌の上で膜みたいな感じになるのも、日焼け止めが特に必要になる、春、夏には辛《つら》かった。そこで人体実験も兼ねて、使用中だったものを使い切ったところで、使うのをやめにした。

正直、それが春先のいちばん紫外線が強くなる時季だったので、自分にとっては大英断で、どきどきした。もしかしたらどっとしみが出てくるのではないか。とりかえしのつかないことになるのではないか。しかし日射しが強くなるその時季には、帽子をかぶったり、日傘を使ったりしていたので、いちおう日光は遮断していた。それで大丈夫ではないかと、日焼け止めなしで過ごしてみたが、特に問題はなかった。ただ夏に日傘をさしていると、顔は焼けないけれど、Tシャツの前の衿周《えりまわ》りが日焼けするようになった。そうなると少し赤くなってひりひりするので、アロエローションを塗って手当をしていたが、これを繰り返すとよくないのではないかと、夏の体用に、日焼け止めと蚊よけ効果のあるクリームを塗っている。首まわりは暑いけれど薄手のス

カーフを巻けば、問題は起きないかもしれない。

現在使っているのは、洗顔後に肌の状態によって、モイスチュアローションか、美容液をつけ、その後、ミネラルファンデーション用の下地（パウダー）をつけ、ファンデーションを塗る。寒くなって乾燥してくると、同じメーカーのクリームタイプにしている。眉《まゆ》を描くとき、私はこれまではアイブロウパウダーを使っていた。ペンシルタイプだとどうしてもべったりした不自然な感じになってしまい避けていたのだが、友だちが使っていた、ペンシルとパウダーが一本に合体しているアイブロウペンシルを見て、試しに買ってみたらとても具合がよく、ずっと使っている。チークはローラメルシエ、ケサランパサランのどちらか。口紅はこちらも友だちが、

「ケサランパサランで、無料で似合う口紅の色を教えてくれるんだって。私もこの間、診てもらった」

と教えてくれたので、彼女と一緒に売り場に行き、目の色や肌の色などから、何色か色を選んでもらい、そのなかから私が選んだものだ。これまでずっと使い続けていた、ロゴナの口紅が、その色だけ廃番になってしまい、どうしたものかと考えていたのだが、ロゴナの口紅よりも、やや赤味がある色が見つかり、ほっとしている。チークはそのとき、同じように色を選んでもらったものだ。

その他、アイライナー、マスカラなどは持っていない。石けんで落ちるものがある

とはいえ、きれいに落とすにはやはりクレンジング類が必要になるのではと、買うのはやめている。アイテムを増やすごとに、芋づる式にブラシやらクレンジングが必要になるので、極力そういったものは避ける方針である。ケースに付いている携帯用のブラシは使いにくいので、チークブラシは別に持っていたりするのだが、それを使わなくても大丈夫なのかなあと、化粧の技術がない私は、仕上がりと簡便さとの折り合いをつけて、こういったものの所有物も減らしていくつもりである。

顔に塗るものだけではなく、髪の毛を整えたりするあれこれも必要になる。私はカラーリングをしていないので、どうしても髪の毛の艶《つや》が気になっていた。カラーリングをしていると、薬剤で艶《つや》が出るそうなのである。まあそれでも仕方がないと思っていたら、ブラッシングが必要だという雑誌の記事を見た。

へええと思いながら読んでいると、モデルになっていた女性は、カラーリングをしていてセミロングだったので、ブラッシングをするのも納得できるのだが、

「ショートでカラーリングをしていなくても、ブラッシングって必要なのかしら」

と首をかしげていた。ブラッシングは頭皮を活性化して、血流を促進させてとてもいい効果があるという。まあ刺激を与えるのだが、その説には納得した。特に私はパソコンの前でキーボードを打っているものの、脳みそは使っていないかもしれないが、頭皮は疲れていそうな気がする。

ブラッシングなんて四十年ぶりだった。若い頃はずっとストレートボブだったので、髪の毛の艶が命だった。面倒くさがりの私でも、髪の毛の艶があって、流行のボブスタイルにしていれば、男の子が寄ってくるのではないかと期待して、艶が出るというブラシで、髪の毛を梳《と》かしていたが、結局、何も起きなかった。

それ以来のブラッシングである。そこでお勧めのヘアブラシを買ってみた。まず感じたのは、

「でかい」

だった。印象としては面積の広い肉叩《にくたた》きである。私のイメージのなかにあったヘアブラシの二倍はある。ずいぶん大きいなあと思いつつ、地肌に当てたとたん、ちょっと痛かった。楊枝《ようじ》でできているのではないかと思うくらいに痛い。私が強く当てすぎたのかと、押しつけずに髪の毛を梳《す》くと、頭皮には当たらないので痛くはないのだが、頭皮に対するマッサージの効果はない。これでは意味がないので、頭皮に当てなければと、様子を見ながら頭皮をブラッシングしていたが、気持ちがいい感覚がまったくない。それどころか頭がだんだん痛くなってきて、

「いたたたた」

と指先で頭皮をさする始末だった。これ以上強い力でブラッシングしたら、流血しそうだった。これは頭皮も毛髪もしっかりしている若い人向きで、還暦を過ぎたおば

ちゃんには、刺激が強すぎると判断して、そのブラシは捨てた。

その後、髪の毛を洗う前には、それを使うとボリュームが出るというふれこみのブラシで髪の毛を逆向きに梳かしている。ふだんは小唄《こうた》のお稽古《けいこ》の帰りに浅草《あさくさ》で購入した黄楊《つげ》の櫛《くし》を使っているので、このブラシは使っていないけれど、このブラシだと洗髪前にしっかりブラッシングしても痛くない。いったいあの捨てたブラシの先端は、見た限りでは尖《とが》ってはいなかったけど、どういうしくみになっていたのかと不思議になった。

洗髪後、ドライヤーをかけて、仕上げにざっと髪の毛を梳かすのは、梳かす部分に先が丸くなった木のピンが使われているブラシである。どこで買ったのかも覚えていないが、ずーっと洗面所の引き出しの中に入っていて、毎回、深く考えもせずに、乾かした髪の毛を梳かしている。先が丸くなっているので、もちろん当たりは柔らかい。ある程度の年齢になったら、適量のオイルを髪の毛につけて、ブラッシングすると、艶も出るし頭皮のためにいいらしい。しかし毛が密に生えているせいか、私がやるとどうも油分でべったりしてしまい、

「いつ髪の毛を洗いましたか？」

と聞かれそうな感じになるので避けている。私が思っているよりも、ずーっと少ない量でいいのだろうか。試しにボトルに入ったオイルを○滴ではなく、スプレー式の

ものを使ったら、少しはましだったが、まだ適量を把握できていない。シャンプーも手軽なのでリンスインシャンプーを使っていた。その前はとても使い心地のいい石けんがあり、それをシャンプーにも使っていたのだが、クエン酸で丁寧にリンスしないと髪の毛がきしむようになったり、石けんが原価高騰で製造中止になったりで、シャンプーにまた戻ったのだった。化粧品と同じように最初はよくても、使っているうちにかゆくなってきたり、べったりしたりと、あれこれ迷走していたが、何とか合うものが見つかってずっと使っていたけれど、三本目に入ってから髪がごわつくようになった。

「やはり便利なものは、効果が薄いのか」

と新しくシャンプーを探して、ジョンマスターオーガニックのものを使いはじめたら、ごわつきがなくなってきて、艶が出てきたと褒められた。そして暑い時季と寒い時季とシャンプーを替えると、より効果があるようだ。二本の効果が一本に凝縮されているリンスインシャンプーは、物を減らすにはとてもいいのだが、効果がいまひとつになってしまうと、それを使い続けるのは辛くなる。結局、これまで一本だったボトルは、一気に四本に増えてしまった。一本で今と同じ効果が得られるものがあったら買い替えるけれど、化粧品と同じような顛末《てんまつ》になりそうだし、もう私にはあれこれ試そうとする欲もなくなった。肌に合わなくなったり、よっぽど効果がなくなったのなら別だが、欲を出さずこのままこのシャンプーをおとなしく使っていこうと決めたのである。

着物関係

母のところからどっと手入れがされていない着物類が届き、着用不能のものは処分し、手入れをする必要があるものは、すべてきれいに着用可能にして、周囲の着物好きの方々にもらっていただいたり、バザーに出したりした。それ以来、着物の帯も一本も購入していない。友だちに、

「まだまだ減らしたいんだけど、どうしたらいいかなあ」

と相談したら、

「だめ、もう手放すのはやめなさい。増やす必要はないけど、減らす必要もないんじゃないの。今は作れないものも多いし、もったいないわよ」

と止められた。たしかにどれも思い出があるものばかりだが、それにとらわれていると物が減らせないのは十分にわかっている。またちょうど着物本を出す話がきたので、それが終わるまで手放す必要はないかと、処分は保留にしている。

しかしもうぱんぱんなのである。着物友だちにそういうと、

「私も大変。もうタンスはぱんぱんで、なーんにも入らないの。なのにこの間、帯を

二本買っちゃったし……」

とだんだん声が小さくなる。

「気に入ったのならいいじゃない。着ればいいのよ、着れば」

と、「それをいうなら、あんたがまず着ろよ」とどこからか声が聞こえそうな言葉を彼女にいって慰めた。スマホの画像を見せてもらうと、

「おお、これは衝動買いするだろう」

といいたくなる浦野理一《うらのりいち》作の名古屋帯で、当然だが洒落《しゃれ》ているし彼女にもとても似合うと思った。

「よかったじゃない、素敵なのが見つかって。買わないでいつまでもくよくよしているより、ぱっと買っちゃったほうが、精神状態にいいわよ」

他人様《ひとさま》の懐だから、気楽にそういうふうにいえるが、自分だったらやっぱり、うれしい反面、

「やっちゃった……」

と頭を抱えるかもしれない。しかししばらくたつと、ころっと忘れてしまうのが、どうしようもないところである。

そんな私がずっと買っていないというのは、奇跡に近い。といっても目の前の量を目の当たりにし、手入れや虫干しなどをしていると、

「もういい加減、手一杯です」

と誰にいうわけでもなく、つい口から出てしまう。管理するのが大変で、これ以上欲しいという気持ちが起きなくなるのだ。今のところだが。手持ちの着物で欠けているものはあるかと調べてみたら、礼装用は一つ紋の色無地があるし、それに合わせる袋帯もある。それ以上の紋が必要な晴れがましい場所には出る機会もないだろうから、それで十分である。普段着もあるし、雨コート、羽織物もある。何か必要になったら、手持ちの物をほどいて繰り回すしかないだろう。

和室に置いてあるタンス二棹《さお》からはみだしている分を、どうしようかと頭を悩ませていたが、一間の押し入れの上段にスペースがあるので、ここに入れられればと考えていた。しかし湿気の問題もあるので、紙箱のまま置いておきたくない。そのときわかりやすくいえば、着物や帯のジップロックみたいな袋が売られていると知った。手入れ済みの着物類を畳紙《たとうがみ》ごといれて、ジッパーを閉めておけば、湿気、カビなどから守れるという。

これはよさそうだと早速手に入れ、万が一、何かあったとしても被害が少ないであろう、浴衣《ゆかた》、袷《あわせ》と夏物の喪服セットを、それぞれ袋に入れて、押し入れに積んだ。着物が二つ折りで入る大きさなので、結構大きく、目一杯入れるとそれなりに重い。喪服はそれぞれの時季ごとに、小物も一緒に入れておいたので、使うときにその袋を取

り出せばよいので便利になった。これで片づいたと喜んでいたのだが、二か月後、仕事をしていたら、

「どーん」

と鈍い大きな音がした。音がした和室に行ってみると、湿気が籠《こ》もらないようにと、いつも襖《ふすま》を開けている押し入れの上段に置いた、着物袋がどっと崩れていた。箱に入れたままではないので、積み上げるときに、多少不安定ではあったが、大丈夫だろうと思ったのが間違いだった。一度、崩れたものを元通りに積み上げようとすると、これが重くてものすごく大変だった。二か月間のうちに体力が著しく落ちたわけでもないだろうし、かっちりとした形状ではないので、いくらでも積み上げられるものではないとわかってはいるが、こう簡単に崩れるとなると、これを使って押し入れのスペースに入れるのは難しいのがわかった。

「このなかで処分できるものはあるだろうか」

再び袋を開き、中身を調べて浴衣を三枚と木綿の着物を処分した。そしてずいぶん悩んだが、夏物の喪服も捨てた。袷と夏物の喪服は、私が二十代のときに、知らないうちに母が作ってくれたものである。きっとそのときは私が結婚すると思っていたので、作ったのだろうが、そういう機会もなく、実家を離れてから私の手元に届いたものだった。母の葬式のときに着るつもりでいたけれど、確率からいって、夏の喪服を

着る時期は、六月中旬以降から八月の末。いちおう式服なので絽《ろ》の黒紋付を九月の上旬まで引っ張るのは難しいと思う。となると、その二か月半の可能性のために、これら一式を持ち続ける必要があるだろうかと考え、

「夏の喪服を着る時期に、母の葬式はない」というほうに賭《か》けてその一袋は捨てた。最近は葬式も簡略化されて、遺族側も和装の人はほとんどいないし、特に夏場であれば、遺族側であっても、洋服のほうが熱中症などで殉死する可能性が減ってよいのではないかと判断した。もしかしたらその二か月半のなかで執り行わなくてはならなくなるかもしれないが、そのときは洋服にする。ひと袋と浴衣を処分したおかげで、着物パックは三袋になり、何とか積んであってもバランスを保っている。

夏喪服一式は減ったけれど、ふだんの私が着る着物の枚数には影響がない。以前、着物用の肌着を減らしたけれど、他に減らせるものはないかと、肌着の引き出しの横に置いてある小物用の桐タンスの引き出しを開けた。これは本来、押し入れ用なのだが、使い勝手がいいので押し入れの下段から出して外に置いている。

いちばん下に入っているのは足袋《たび》だ。急に私の足の長さが少し大きくなり、靴を買い替えたこともあり、

「もしかしたら、足袋はどうかしら」

と試しに履いてみたら、幅はややゆるいのに、親指がつっぱってひっぱられ、浮く

ような感じがある。伸びる足袋でもそうなるので、以前、いただいたものの、寸法が23センチだったので、そのまま置いておいた足袋を履いてみたら、水は通していないけれど、長さがぴったりだった。

足袋はまったく皺《しわ》がない、小さめのものを履くものだといわれていたが、とにかく我慢がきかない年頃になったために、小さめを無理に履くのではなく、みっともない大皺が出ない程度にちょうどいいのを履くという方向にしている。小さいサイズは我慢して履けないので、22・5のサイズは基本的に処分。家で履く色足袋や別珍足袋などは、22・5でもそのまま履けるものがあったので、それはとっておく。

その上の引き出しには帯締めが入っている。着物と一緒に差し上げたものも結構あるので、今回は若い頃に購入して何度も使ってくたびれた感のある、生成り色と辛子色の帯締めを処分した。その上には帯揚げがハガキ程度の大きさにたたんで入れてある。

「うーむ、これだったら減らせるか」

袷用、単衣《ひとえ》用、夏物とスペースを分けて入れてあるのを、それぞれ色別にまとめて、じっとにらんだ。和装小物は微妙に色が違うだけで、全体がくすんで見えたり、逆に明るくすっきり見えたりする。色数が欲しいのは事実なのだけれど、つい手を伸ばしてしまうものは限られている。ふだん使わなかった別の色を使えば、コーディネートにアクセントがついていいのかもしれないが、そうなると無尽蔵に色が必要になってしまう。

まずほとんど同色といえるような夏物で、絽縮緬《ろちりめん》と絽がある場合は、どちらか一枚にした。本来ならば絽縮緬は単衣用、絽は主に盛夏用といわれているが、区別すると枚数が増えるので、色で選んだ。母のところからまわってきた、明らかに昭和風味のものも引き出しから抜いた。単衣用はもともと三枚しかなかったので、そのまま。袷用は無地っぽいものには手を付けず、アクセントになるのではと購入した、柄のコントラストが強いものを抜き出した。私は地味な地色の着物が多いので、そういったタイプの帯揚げは重宝するのではないかと思ったが、帯がこってりしているものが多いので、それとぶつかり合って、うまくいかなかった。全部で二十枚出てきて、これらは活《い》かせないとわかり、どれも未使用だったので、バザーの箱に入れた。まあ、多少のゆとりができたが、

「すっきりした」

というわけではない。枚数を減らすにはこれから何段階も経なければだめなようだ。

いちばん上の左右二つの引き出しには、袷用と単衣、夏物の半衿《はんえり》が入っている。半衿も若い頃に買って使っていなかった刺繍《ししゅう》衿などは、着物と一緒に自分で半衿つけができる若い人にさし上げたので、枚数が減った。半衿は消耗品なので、袷だったら一

般的な塩瀬《しおぜ》、浮き織り、地紋、色無地、柄のものなど、それぞれ数枚ずつまとめ買いして入れてあり、それぞれゼロになるまで買い足さない。なので基本的には減るのみで、絶対数は増やさない。夏物は正絹、麻、合繊で、同じようにまとめて買って使っていく。以前は半衿も目につくと買っていたが、最近はそのように目につくような素敵な半衿を扱っている店もなくなり、特に欲は出ない。正絹の白半衿で洗いを重ねて色が変化したものは、別の箱に入れて家着用にしている。

和装肌着もプラケースを三段重ねた引き出しの中に入れていて、前回の処分で半分以下にしたのだが、

「もっと減らせるのではないか」

とじっと眺めていた。ベンベルグは肌に刺激がないのがわかったので、裾除《すそよ》けなども家で洗えるものが多くなって、喜ばしい。手入れ、劣化などを気にしなくても、じゃんじゃん着られるようになって喜んでいたのだが、冬にベンベルグの東《あずま》スカートを穿《は》いていて、予想もしなかったことが起こった。

ふだんは外出するときも紬《つむぎ》ばかりなのだが、そのときは着物友だちとランチをする場所が、有名なホテル内にあったので、江戸小紋を着ていった。寒いので少しでも足元の風よけになればと、薄手だが防寒効果があるというステテコの上に、東スカートを重ねていった。東スカートはトイレで用を足す際に、すべてが風呂敷包《ふろしきづつ》み状に一気

に包めるので、扱いも楽なのだ。風でまくれ上がっても足が見えないし、いい感じで着ていたのだが、食事が終わって席を立とうとしたら、何か変なのである。右足がつっぱった感じで歩けないということはないのだが、歩幅が狭くなっている。着物で歩幅が狭いには別に悪いことではないがとても歩きづらく、私はそのまま、変だなあと思いながら、ちょこまか歩いて家に帰ってきた。

そして着物を脱いでみたら、東スカートが右足にしっかりからみついていた。東スカートの作りというのは、裾除けは一枚の布を巻き付けるが、東スカートは腰布から下がスカートと同じく輪になっていて、余った部分がタックをとったようになって上前で重なる。簡単にいえば、身につけたとき、大きなタックが前に取られた、ベンベルグの裾《すそ》まであるスカートなのである。そのタック分の余りが何かのはずみで右足を巻き込んでしまったようなのだ。私はふだん、大股《おおまた》で歩いてしまうので、そのときに目一杯、タック分を広げてしまい、何かの拍子に右足をくるみこんでしまったのだ。前に身につけたときは、シルクのステテコを穿いていたので、すべりがよかったのかもしれないが、そのときは下に穿いていたのが防寒用ステテコという性質上、すべりがよくなかったのも原因かもしれない。東スカートは舞踊関係の方が愛用していて、そういった方々は、歩くときの歩幅など、留意されているので、足にまきつくなどという状況にはならないのだろう。洋服と変わらない大股歩きがだめなのである。以前は襦袢《じゅばん》を蹴《け》り出して、上前から出てきたりしていたが、さすがに気をつけるようになってから、そういうことはなくなった。しかしそれでもまた大股歩きだったらしい。引き出しの中には一般的な裾除けと、東スカートの両方があったけれど、これをきっかけに、東スカートは処分してしまった。

　これで少し減ったと喜んでいたのだが、洋服と同じように、着物の肌着も変化するようになった。最初は和装肌着のワンピースを着ていたのが、裾除けを使ったときの下半身の様子の違いに驚き、ワンピース派から裾除け派に変わったものの、その裾除けをしっかり身につけるということが、だんだん負担になってきた。腰紐《こしひも》は自分の体に合ったところに締めれば、

「締められている」

　という感覚は皆無だけれど、その他の紐類が、結構、気になりつらくなってきた。以前はちゃんと襦袢にも着物にも伊達締《だてじ》めを使っていたのに、最近はあの幅十センチほどの絹の布でさえ、圧迫感を感じることがあり、襦袢には使うけれど、着物にはモスリンの腰紐を短く切って、胸紐がわりにするようになった。織りの着物のときにしか試していないが、胸元も崩れずにまったく問題がなかった。

　大昔の学生のときに、はじめて十日町《とおかまち》紬を買った。母から着付け道具をもらったが、そこにあったのは伊達締めではなく、伊達巻きだった。すでに現物はないので記憶し

かないけれど、伊達締めよりも幅が広くて長さがあり、両端に紐がついていたような気がする。ぐるぐると筒状に巻いてあり、形状としては漫画で忍者が口にくわえてドロンと消えるときに描かれる、巻物にそっくりだった。織り方も伊達締めよりもずっとしっかりした感じだった。私はもらったものの、のちに自分で伊達締めを買ってそれを使ったので、使ったことはなかった。一度、着物の撮影があったとき、着付けをしてくださった方が、伊達巻きを持ってきていて、体が筒型になるように襦袢の上から巻き付けていたので、昔の人たちは補整を兼ねて、礼装のときなどに使っていたのかもと思ったのだった。

体調によっては腰紐でも負担に感じることがある。私よりもひとまわりほど年上の、お世話になっている呉服店の女将《おかみ》さんは、

「私は若い頃はモスリンや絹の腰紐で平気だったんですけれど、だんだん辛《つら》くなってきて、最近はずっと伸び縮みする腰紐を使っているんですよ」

とおっしゃった。そのお店は毎年開催される「きもの呉盟会《ごめいかい》」にも出品なさっているが、そのときに各呉服店の女将さんたちの着姿も拝見できる。女将さんと懇意になさっている店の女将さんたちは、みなさん趣味がよくて（というか私と趣味が合って）、とても素敵なのである。お世話になっている店の女将さんも、いつも素敵な結《ゆう》城《き》や大島《おおしま》をお召しになっていて、

「いい色の結城ですね」

　といったら、

「これは亡くなった姑《しゅうとめ》から譲られたもので、ずっと仕事着にしていたから、前身頃にしみがたくさんあったので、目立たないように色をかけたんですよ」

　といわれたこともある。その素敵だなと思っていた他店の女将さんも、実は伸縮する腰紐を使っているのだという。着姿には何の問題もなかった。

「それも結ばないで、前でからげるだけなんですよ」

　以前、ゴムベルトを使って、不安なあまりきつめにしたら、上下にものすごくギャザーが寄ってしまい、うまく使えなかったので、モスリンかきんちの腰紐にしているが、楽だというのなら、それも使ってみたかった。すると早速、その伸縮する腰紐を送ってくださった。ゴムベルトのように全体が伸びるのではなく、紐の一部が伸縮する素材でできていて、あとはモスリンで作られている。両方のいいところをとったというところだろうか。家で使ってみたら問題はなかったが、これから体調、体形、感覚の変化によって、和装関係のものも変化がありそうな気がしている。

　家で和装肌着の様々なパターン、たとえば肌襦袢＋ステテコ＋尻《しり》が締まって見える裾除け＋長襦袢とか、筒袖《つつそで》半襦袢＋ステテコ＋裾除け、和装スリップ＋ステテコ＋長襦袢など、いろいろと試してみたが、肌襦袢自体は好きなのだけれど、着方が悪いのかどうもうまく体に収まらない。洗濯もできていちばん楽なのは、筒袖半襦袢パターンである。外出のときは約束の時間に遅れてはいけないし食事もするので、尻の形を整えるのは捨てて、いちばん楽な和装スリップパターンにしてみた。

その夏用の和装スリップは背中や脇にも汗取りがついていて、重宝するだろうと購入したのだが、外出から帰ってきたら、着物の背中の帯下の部分に汗がしみていた。もちろんそうなったら長襦袢も汗がしみているわけである。私は背中に汗をかくタイプなので、このスリップだったら大丈夫かと思ったのだが、気温が三十度あったこともあり、その程度の汗取りでは効果がなかった。汗がしみた着物と長襦袢は手入れに出したのだけれど、汗をブロックする効果がなければこれを着用する意味がないので処分した。

あしべ織汗取りは、胸からウエストにかけて、ほぼ完璧《かんぺき》に汗をブロックしてくれるが、私が汗をかく背中の上部まではカバーしていないので、とても残念なのである。こんな便利な世の中なのだから、私が求めているものは絶対にあるはずだと探してみたら、背中の上のほうから裾まで、後ろ身頃に防水布がつけてある前で打ち合わせるタイプの和装スリップがみつかった。以前、同じメーカーの防水布がついた別タイプを使ったことがあるが、サイズが合わずに丈を直さなくてはならなかったのと、ウエストから下にタックがとってあって、着るとよけいに下半身がふくらんでみえるので、使うのをやめてしまったのだった。

その以前のものより薄手になって、タックもとられておらず、サイズも増えて丈の短いものも売り出されていた。試しに一枚購入してみたら、夏には少し暑いかもしれないが、着物に汗じみができるのに比べたら、ましかと思う。いいかげん、あれもこれもと試すのはやめて、筒袖半襦袢三枚、この和装スリップと肌襦袢三枚（綿麻一枚含む）、ベンベルグの裾除《すそよ》け三枚、ステテコ五枚以外は処分した。引き出しの中身がごっそりとなくなり、少しすっきりしたものの、大物の着物や帯が減らない限り、

「やった」

という充実感はない。しかし今所有しているものを減らすのは、もうちょっと時間が必要な気がする。一気にやらなくても、こちらのほうは、まあのんびりやっていけばいいかと、また自分に甘くなってしまう。

長襦袢はいったいどんなものかと、引き出しを開けてみると、ここもぎっちぎちである。母のところから届いたものも、手入れをして置いてあるので枚数は増えている。天気のいい日に明るいところで調べてみると、あちらこちらにトラブルがあるのがよくわかる、老眼なので明るいところで見ないと、どこに問題があるのかわからないのである。若い頃に買った薄いピンク系の袷《あわせ》用の襦袢で、手入れをしてもらっても袖口の汚れが取れない二枚は、二部式襦袢の替え袖と裾除けにしようと、家で洗えるよう

に水洗いした後、和裁用の風呂敷に包んで和室に移動。移動したからといって物は減っているわけではないと、これまでの経験で重々わかっているので、気を引き締める。

夏物の襦袢《じゅばん》は基本的には消耗品になってしまう。着物友だちで幼い頃から日本舞踊など、いろいろな和物のお稽古《けいこ》をしている人が、

「着物をふだんに着ていると、襦袢も着物も消耗品という感覚になるのよ」

といっていた。私は家でも着るけれど、ケチなのか夏の襦袢はともかく、襦袢も着物も消耗品という感覚はない。今はそういう感覚はないが、昔は着物を着るたびに、汚さないかとどきどきしていた。考えてみれば、茶道を習っている方々も、柔らか物を着て畳の上を膝行《しっこう》するから着物が擦れる。こういう方々も着物は消耗品になるのだろう。

友だちのその彼女は、

「きちんとした場所に出るときは正絹の襦袢だけど、そうじゃないときは二部式で洗えるものを使ってる」

という。銀座にお店があった「くのや」と懇意にしていて、そこで二部式を誂《あつら》えていたといっていた。「くのや」のものは、他で売られている合繊の袖がついている二部式のものよりも、品質がよかったそうだ。

同様の話は小唄《こうた》の師匠からも、師匠の娘さんの踊りの家元からもうかがった。プロ

にはプロの合理的な考え方があるのだ。私は以前は合繊が肌に触れると、赤くなったりぶつぶつが出来たりしていたのが、最近はそういった症状も出なくなってきた。合繊の質も向上しているのだろうし、洗える二部式襦袢も便利そうだ。しかしそうなるとまた増えてしまうので、手元の余り布のなかから、替え袖をちまちま縫い、今のところ購入は思いとどまっている。

袷の襦袢をチェックする前、ちょうど夏物に切り替わる直前の時期に、晩御飯を食べた夜に、夏用の襦袢を点検したのだが、そのときはわからなかったのに、この日に汗じみが取れなくなっている白の正絹の絽《ろ》があるのがみつかった。経年劣化の黄変もみられた。夏はすっきりとした白の襦袢を着たいので、二十数年前に作ったものだし、他にも白の絽は一枚あるのでこちらは処分した。麻絽の襦袢もよく見たら汗じみが出ている。漂白してみたがきれいにならないので、こちらも処分。襦袢の地衿《じえり》の木綿の部分にも汗じみが浮き出ることが多く、こちらは手入れをお願いするときに、新しいものに取り替えてもらっている。夏の襦袢は扱いが大変である。

衿芯《えりしん》は昔は三河《みかわ》芯を使っていたが、衿周りに柔らかさが出るので、「バイヤスカット　英《はなぶさ》えり芯」を使っている。ポリエステル65パーセント、綿35パーセントで、バイアスなので芯が衿周りになじみ、その上に一般的な半衿をつけても大丈夫なのである。バイアス裁ちの半衿を使う人もいるようだけれど、私は使った経験はないが、バイアスだと洗ったときに伸びてしまうのではと思ったりする。夏の襦袢にも同じ衿芯をつけているが、今年は湿気の多さにめげて、外出時にメッシュの差し込み式衿芯を使ってみた。たしかに衿芯をつけた半衿よりも涼しい気はしたが、どうしても襟元が浮き気味になるのが気になった。どちらを取るかというと、涼しいほうなのだけど。

年齢を重ねると、自分の体に合うものが違ってくるのをつくづく感じる。これからも変わっていくかもしれないけれど、とにかく数量は増やさず、面倒くさくなく快適にを考えて、取捨選択していきたい。

本

本は一年に三、四回、まとめて処分をしているのにもかかわらず、実は最近は増えている。いいわけをすれば、その年によって読みたい本がコンスタントにあるわけではなく、そのときの気分によって、本を買う意欲がわかない年もあるのだが、それでいうと今年は意欲がわきまくった年だった。絵本、エッセイ、漫画、写真集。ふだんは小説は読まないのだが、今年になってまた小説が読みたくなり、しばらく遠ざかっていた、海外文学にも手を伸ばしはじめた。これは昔と同じだが、買うときはめぼしい本をまとめて何冊か買って、テーブルの上に置いておく。そして適当に選んで読むという方法なので、常に数冊の本が待機している状態なのである。

今年、近藤ようこさんの絶版になっていた「ルームメイツ　全4巻」が無料で読めると知ったが、著者が描いたものを無料で読むのは気が引けるので、有料（とても安い）でダウンロードできるシステムもあったので、パソコンを使うようになってからはじめて、本に関するものをダウンロードしてみた。通販と同じようにカートに入れて精算した後、

「ちゃんとダウンロードできるのだろうか。失敗しないだろうか」

とどきどきしていたが、無事、ダウンロードできてほっとしている。たしかにこういうシステムは便利であるが、紙の手触りがしないのは、物足りない感じがした。慣れれば平気になるのかもしれない。

一冊しか本を買わず、その本を読み終わるまでは次の本を買わないという人がいるが、私は絶対できない。読むときはだいたい二、三冊を並行して読んでいくので、どうしても本が溜《た》まってしまうのである。これについては、一冊読み終わったら次の一冊方式は絶対無理なので、試したこともないしその気もない。

しかしそんなことはいっていられなくなった。iPadを使いこなしている人は、

「本は全部捨てても平気。これからは電子書籍になるから」

というが、電子書籍化担当の人が、データを提供してくれなければ、こちらが待っていても市場には出て来ない。

「馬琴《ばきん》日記は電子書籍になるのか？　樋口一葉《ひぐちいちよう》全集はどうなのか。断腸亭日乗は？」

私がずっと読みたいと思っている本は、いつまで経っても、とうてい電子書籍になるとは思えない。今は稀覯本《きこうぼん》ではない限り、処分をしてもどこかで手に入るかもしれないが、すべてをぽっぽか捨てるのは難しい。

で、本が溜まっているのである。『欲と収納』を読んだ方から、

「不要な本はもしよければ、こちらの住所へ送っていただけるとありがたい」
という旨のお手紙をいただき、喜んでいただけるところにお送りしたほうがいいので、本を箱に詰めて、近々送るところである。それでもまだ読んでいない本があるのだ。

最近は図書館にいっても、読みたい本がない。あったとしても中央図書館の書庫に入っている、ほとんどお蔵入りのものばかりなのだ。多くの人が予約待ちするような、ベストセラーは借りて読まないので、関係ないのだが、試しに『火花』を地域の図書館で検索してみた。私は芥川《あくたがわ》賞掲載誌で読んだので、読む必要はないのだが、予約件数が一三九四件だった。つまりそれだけの人が待っているわけだが、一人が十日で読んだとして、ひと月で三人。現在の予約をまかなうには、三十八年以上かかるのである。

「何だ、こりゃ」

である。私は常々、図書館には文庫本を置くべきではないと考えていて、予約をしている千人以上の方々は、必ず文庫になるので、衣類量販店の一着分を我慢して、ぜひ購入していただきたいと思う。

昔と違って、最近の図書館が使いづらくなっているので、緊急に資料が必要な場合以外、本を借りなくなってしまった。最近では農業について調べなくてはならなかったので、関係する本を借りたくらいだろうか。そういうときは重宝するが、日常の読書についてはあまりありがたみがない場所になった。昔は図書館を自分の本棚として使えばいいと考えていたが、このごろは自分が読みたい本だけがないので、足も遠のいている。いちばん近くにある図書館は、長い期間をかけて建て替え工事をしていたが、きれいにはなったものの、蔵書数が減ったのか、こぢんまりしてしまい、ますます読みたい本がなくなった。こういう状態なので、本は買わなくてはならない。本を増やさないために、本を買わないというのでは、物書きとして筋が通らないので、本は毎週何かしら買う。仕事のはかどり具合によって、時間があるときは読めるけれども、あれこれ締切が詰まってくるとまったく読めない。しかし散歩にいったときに、新刊書店はもちろん、古書店に行くのは楽しいので、つい買ってしまうのでまた増える。最近はその繰り返しである。

新刊書店といっても、なるべく個人書店で購入したいので、そこに買いに行くと、今ここで逃したら、追加で補充されることはないと勘が働くので、とりあえず買っておく。うちの近所のチェーン店の書店の話だが、そこであっても、欲しい本がない場合があるので、都心の大型書店にいけば別なのかもしれないが、新刊であっても探すのが大変になってきた。それだけ流通する数が少なくなってきているのだろう。それでも若い人たちが新しく書店を開いたり、本好きな人たちがあれこれ読んだ本について、ツイッターなどで意見交換をしているのを見ると、縮小はしているものの、まだ本好きはいるとうれしくなる。場所を取るからといって、すべてがデータ化されるのは、やはり寂しいものだ。

で、本来ならば本棚に本を縦横に突っ込まず、ひと並べにするようにと努めてきたが、それが難しくなってきたので、今まで余った分は段ボール箱に詰めていたのを、多少、見栄えがいいように、バンカーズボックスを購入して、その中にいれた。まず入れたのは自分がこれまでに出した本である。他の本に比べてほとんど自分で読み返すことはない。一冊ずつあればいいので、増刷分はそのつど処分している。

「誰かが持っているものは、自分は所有しなくてもよい」

といった物を減らす鉄則があるようだが、かといって万が一、必要になったときに、その「誰か」の手を煩わせるのも、他人様《ひとさま》に迷惑をかけるし、私の本は古書店でも安く売られているから、必要になったときに買うという手もあるが、

「どうして自分の本を、自分で買わなくちゃならないのだ」

という気持ちもあり、すべて処分するわけにもいかないので、とりあえずボックスの中にしまった。

外見を整えて、これで少し倉庫感はなくなってきたが、基本的に冊数は減っていないので、問題は解決していない。本置き場に放置された、キッチンで使っていた棚も、

本置き場ではすでに壁が埋め尽くされているので置き場所がない。不要品処分の際に、リビングルームの棚を処分したところが空き、そこに入れていた本が床に積んだままになっているので、そこへ移動。前の棚よりもはるかに幅が狭いので圧迫感はないが、棚が小さくなっただけで、元の木阿弥《もくあみ》である。早く本を読み終わって、次々と他の人の手に渡るようにしなくてはならない。

そこに積んであるのは、小説、文庫本ではなく、比較的大型本が多い。雑誌は本置き場にある本棚に移動させたが、辞書の類《たぐい》がそのままになっている。漢和辞典、反対語辞典などもある。私はそれらの辞書をしばらく眺めていたが、

「こんなに辞書っているか？」

と自分にたずねた。私はふだん原稿を書くときに愛用しているのは、『明鏡国語辞典』（大修館書店）と、『大きい活字の角川用字必携』（角川書店）である。以前、テレビを見ていて、あまりに自分が正しい書き順を知らないのにびっくり仰天し、小学生向きの国語辞典も購入したが、愛用しているわけではない。

そして問題は大きな「広辞苑《こうじえん》」である。二分冊になっていて、一冊本よりは薄いけれども、それでも重い。ページをめくってみたら、羽虫がぺったんこになっている。使っているときに、周辺をぶんぶんと飛んでいたわけでもないのに、どうして辞書を開くといつも羽虫がぺったんこになっているのか不思議でならない。収録語彙《ごい》も多い

ので文字も小さく、老眼鏡をかけたうえに、虫眼鏡で確認する有様だ。私はずっと「広辞苑」は必需品と思っていて、新しい版が出ると買い替えていた。だが、ふと、

「これって、いる？」

と首をかしげた。たしかに使わないわけではないが、その頻度はとても少ない。そしてこの本はとても重い。重くて使わないのは、不要品の第一条件である。私が「広辞苑」を使わずに原稿を書いても、校閲の人がきちんと辞書を調べてチェックしてくれるだろうからと処分した。たしかＤＶＤ－ＲＯＭ版もあったはずだが、買い替えるつもりはない。勢いがついて他の辞書ともさよならした。

リビングルームに移動させた棚に、とりあえず行き場のない本を積んでいったら、あっという間にいっぱいになった。棚に花でも飾ろうかとしおらしく考えていたのに、そんなスペースなどみじんもない。またこちらも倉庫化の様相を呈している。大判のインテリアの洋書の写真集、仕事机兼食卓のテーブルの上に積んであった雑多な本を、とりあえず棚に積んで、やっと床や食卓の上がきれいになった。ここであらためて棚を眺め、大型本を手にとった。インテリアの洋書の写真集のページを開いて見てみると、気に入っているのは十ページほどだったので、そこだけカットして、本体は資源ゴミに出した。

「うーん」

冷静になって考えると、キッチンは広くはなったが、棚は移動しただけで、そこに余った処分できない本が置いてある。関西の人が隣にいたら、絶対、

「結局は増えとるやないかいっ」

とどつかれるに決まっている。

「はああ〜」

本置き場に行って棚を眺めると、処分できそうでできない本が目に入る。文庫版が出ているのも知っているけれど、単行本の装丁が好きなので、取っておきたいものとか、明治時代の小説を読むときの資料になる本もある。しかしその明治時代の小説を再び読むのはいつなのかという、大問題があるのだ。本を読むのは比較的早いほうなので、集中すれば読めるとは思うのだが、若い頃と違って、最近は原稿を書くのに時間がかかるようになったので、その分、読書の時間は減っている。なかには絵本もあるので、そういった本は読み終わるのは早いけれども、子供がいないのに絵本は手放したくない。自分でも不思議な気がしている。

そして本棚にひとならべの掟《おきて》が破られ、まだ読んでいない本が溜《た》まっているのに、どうしても読みたい新書があって、隣町に買い出しに行ったついでに、書店に寄って買ってしまった。しかしいつもは店内を回って、予定にない本もあれこれ買ってしまうのに、今回はちゃんと一冊だけ買った。他人はどう思うかわからないが、

「やればできるじゃないか」

と私は満足して家に帰ってきた。そして少しずつ、にじり寄るように、本を減らすことができたらと自分に期待しているのだ。

掃除関係

今のマンションに住んで二十二年以上経っているが、ありがたいことに大家さんは、

「ずっと住んでいていただけませんか」

とおっしゃってくださっている。更新するたびに、

「更新していただいて、本当にありがとうございます」

と深々と頭を下げられて、

「いえ、あの、そんなことはないです」

とあたふたしてしまう。隣室の友だちと引っ越しの話はずっと出ていたのだけれど、あまりに大家さんが、三階に二世帯しかない隣室とうちとを気にかけてくださっていて、申し訳なくなる。友だちからは、好き放題やっている三階は、「無法地帯」といわれているのにである。マンションの改修工事の際も、下の階は入居する人が替わるので、そのつど内装も手入れができるのだが、私も二十二年以上、隣室は新築で入居したので二十八年の間、ずーっと住んでいるので、内装はそのまま古くなっている。それもまた味わいがあって好きではあるのだが、私の部屋は前に住んでいた家族に喫

煙者がいたようだ。そのうえ私が入居する際に、先代の大家さんが壁紙を替えていなかったようで、拭《ふ》いても黄色いしみが浮き出てきたりして、取れない部分もある。臭いなどはないので、そのままにしてあるが、まったく問題がないわけではなかった。

隣室の友だちもまったく悪意ではなく、自分たちが長く住んでいるので、内装に手を入れられなくて申し訳ないという話をしたら、大家さんの「ずっと住んでいて欲しい」という話になり、外装補修修繕工事のついでに、うちと隣室の水回りのリフォームを行うことになった。それも、

「風呂《ふろ》の追い炊き機能がないのはちょっと……」

という話をしたら、すぐにリフォームして下さるというのだった。工事のスケジュールも、

「これでいいでしょうか」

と確認しに来ていただき、こちらは、

「そんなことまで口を出す立場にはないですから」

というと、

「気になることがあったら、何でもおっしゃってください」

と業者さんともども挨拶《あいさつ》に来られて、本当に申し訳なかった。

その工事のおかげで、うちのベランダに放置してあった、がらくたの山が整理でき

たわけだが、大家さんにそこまでしていただいて、引っ越ししにくくなったのは事実である。高齢者は賃貸物件を借りにくいといわれているのに、ありがたいと感謝するけれども、こちらの経済状態がずっと持つかが問題である。そこそこ家賃も高額なので、これから払い続けられるかどうかも気になる。払えなくなれば引っ越すしかないのだが、あまりに大家さんが優しくしてくださるので、恐縮の限りなのである。

工事は三か月ほど行われ、玄関の天井まである靴箱の、いくらやっても汚れが取れなかった扉も白く塗り替えられた。洗面所、風呂場、そしてトイレと脱衣所の床、壁紙も居室以外はすべてきれいにしてもらった。洗面所も収納がついたものに替わり、風呂場はユニットバスをそっくり取り外して、追い炊き出来るタイプになった。床もそれまではクッションフロアだったのが、フラットな床になり、きれいで明るい雰囲気になった。居室は生活しながらのリフォームは無理なので、そのままになっているが、水回りがきれいになっただけでも気分はいい。

そこで私は洗面所のシンク下にあった掃除関係のものを入れた段ボール箱を点検した。前の洗面台を撤去しなくてはならないため、中に入れていたものをそのまま箱に入れておいたのである。重曹、クエン酸、洗剤いらずで汚れが落ちるといううたい文句の各種スポンジ、マイクロファイバークロスの布タイプ、手袋タイプなど。違うメーカーで同素材のものも複数ある。どうしてこんなにあれこれ持っていたかというと、そうしないと汚れが取れなかったからである。ところがリフォームの結果、とてもきれいな状態に戻ったので、それを維持すればいいだけになった。

正直いって引っ越すつもりもあったし、いくら掃除をしても、ユニットバスの汚れは取れず、やる気をなくしていた。掃除をすればするほど不毛な気がして、

「どうせ引っ越した後は、この風呂は取り替えられるのだろうから、一所懸命にやる必要はない」

と手を抜いていた。汚いのは自分もいやなので掃除はしていたが、表面がすすけた感じの追い炊きができない、ポリバスに入ってもあまりうれしくなかった。脱衣所とトイレの床には、クッションフロアが敷かれていた。このクッションフロアも汚れが取れず、いくら拭き掃除をしてもきれいにならない。こちらも、

「どうせ引っ越した後は、業者さんがクリーニングするのだろうから」

と掃除も気合いを入れていなかった。

水回りがきれいになったのを受け、そのための掃除道具はいらないのではと見直してみた。まず処分したのは、クッションフロアを掃除するときにも使っていた、オールラウンドモップである。床面に当たる部分にゴム製の突起がついていて、そこに布などをかぶせて使うと、そのゴムの突起が床面をこすり、汚れがよく取れるしくみになっている。紙を使うフローリング用のワイパーがあるけれど、その強力版といった

ほうがいいかもしれない。最初はクッションフロアの汚れを、手でこすっていたのだけれど、さすがにこの歳になると、いい運動を通り越してへたばるようになったので、それを使っていた。これだと湿らせたマイクロファイバークロスをセットして床をこすると、力をそれほど入れずにきれいになってくれた。しかしクッションフロアには凸凹があり、凸のほうはそれできれいになるが、凹の部分の汚れは取れない。この部分は手作業が必要なのだが、その気力もないので、仕方がないと思いながら、凸の部分だけを掃除していたのだった。

マイクロファイバークロス、各種スポンジの、未開封の在庫はバザー箱へ。重曹、クエン酸は使うのでそのまま。メラミンスポンジがあれば、汚れはほとんど落ちるので、これも残した。壁も床もきれいになったトイレの個室に入ると、気になっていたトイレブラシが目につく。たしかにブラシできれいにはなるが、そのブラシがずっとケースに入れられたままというのが気になった。トイレには風呂場とつながっている換気扇はついているが、窓はないのである。

ブラシの具合が悪くなると、ケースごと必ず買い替えていた。最近はケースをなくし掃除後のブラシの水をよく切って、鉤《かぎ》フックでぶら下げていた。しかしブラシはどういう形状のものでも、いまひとつ使いづらい。そうであってもトイレブラシは必要不可欠なもので、これがなかったらどうやって便器を掃除するのかと考えていたが、

ベテラン主婦が手で掃除をしていると知って、

「そうか、手があったか」

と納得したのである。トイレブラシも使い勝手がいいかというとそうではなく、柄をつかんでいる腕を、あっちに向けたりこっちに向けたりして、便器のカーブに合わせるのだが、目に見える部分はともかく、目に見えない縁裏の部分がきれいになっているかは謎である。一度、鏡を使ってきれいにしたので、ぎゃっとするような状態にはなっていないだろうけれど、気にはなる。

しかし手だと隅々まで掃除できるし、

「ケースの中、カビとかばい菌だらけかも」

と気になるトイレブラシとケースを置かなくてもよくなり、掃除をするときも一発で床を拭ける。これは試してみようと、介護用なのだろうか、水が溜《た》まっているところにも手を突っ込むので、薄手のゴム製長手袋を一パック購入し、小さくカットしたメラミンスポンジで軽くなでると、あっという間にきれいになる。スポンジと長手袋はそれでお役ご免である。ランニングコストを考えると、不経済かもしれないが、不安定なトイレブラシとケースを移動させ、床に倒れたのを、

「ええい、くそっ」

と怒りつつ、トイレ掃除をするのと、何の遮るものもなく、さっと一拭きできるの

とでは、掃除が好きではない私は後者を選んだ。家族がいるわけではないので、トイレは自分一人しか使わないし、自分が出したものは自分で始末するという流れで、素手は衛生上無理だが、ゴム手袋をはめた手で平気と、考え方を変えたのである。

キッチンの調理台も様々な布を使ってみたが、他の項でも書いたように、風が通らず陽も当たらない作りなので、水を含む台ふきなどを置いておくのは、不衛生になりがちなのだ。以前はタイル製の壁、作り付けの戸棚、調理台はマイクロファイバークロスで拭いていたが、このクロスは汚れは取れるが水分は吸い取らず、どうしても水気が残ってしまう。その上から使い捨て布などで拭き取らなくてはならないので、二度手間になる。

どうせ二度手間になるのならと、壁、戸棚、調理台とも、メラミンスポンジでこすった後、使い捨て布で拭く。汚れ落ちはスポンジのほうがいいので、ファイバークロスよりも、こちらを使うほうが多くなった。好きな大きさにカットできるのもいい。ガス台も新しいものに替えていただいたが、こびりつきはそのスポンジでこすればすぐに取れる。調理台、ガス台の毎日の小掃除は、布を処分して新たに導入した、ペーパータオルでさっと拭く。ガス台は使い捨て布でちょっと汚れたらすぐに拭くようにしている。ペーパータオルで拭いて、汚れがつくようだったら捨てて、水分のみだったらば、ネコの毛玉吐き掃除用の箱にいれておく。とにかくうちのような作りのキッッチンは、カビの原因になる水気を残さないようにしたい。

外回りの掃除用の箒《ほうき》、ちりとり、デッキブラシは新しいものを購入した。ふだんの掃除では、ひと月ごとに替える歯ブラシをためておいて、洗面所や風呂場《ふろば》の排水口などの、細かい部分を洗っている。自分でも驚いているのだが、あれだけ掃除に関しては、積極的ではなかったのに、風呂場が新しくなったとたん、掃除もきちんとし、こまめに水分を取り除くようになった。

風呂床の掃除も、ユニットバスを作ったメーカーが売っているものならば、汚れも落ちやすいだろうと、風呂床掃除用のブラシを購入して、毎日さっとこすっているが、きれいに見えてもついている汚れがきれいに落ちて、すっきりする。また毎日、湯を落とした後、洗車したときに水分を取る吸水タオルを使って、風呂場の中の水分をすべて拭《ふ》き取るようになった。ふつうのタオルだと拭き残しがあるので、大判の洗車用のタオルが使い勝手がいいのだ。天井はフロアモップに布をつけてさっと拭き、一日中換気扇を回しておく。これまで毎日、風呂内の水分を取るなどといった、そんな作業などした記憶がない。さすがの私も、新品になった風呂を、自分の手で汚すのは気が引けるくらいの神経はまだあったらしい。そして道具も自分に使いやすいものを選べば、掃除も楽になるとわかった。昔から、こまめに掃除をしていれば、大掃除は必要はないと書かれている本を何冊も読んで、

「そうはいってもねえ」

と、ふーんという感じだったのだが、リフォームをしてもらったおかげで、脳の「掃除する」という部分が刺激されたらしい。他の部屋は正直、どこもかしこも塵《ちり》はないというわけではないが、風呂場だけは自慢できる。蛇口にもみじんの水垢《みずあか》、水滴跡はついていない。還暦過ぎて、やればできるがわかるのも、いかがなものかとは思うが、まあ、よかった。次は掃除機の処分なのだが、フローリングは今でも箒で掃除しているので平気だが、もともとカーペットが敷き込んである部屋は、やはり難しい。雑巾《ぞうきん》を固くしぼってそれでカーペットの上をこすると、ゴミが取れるとも聞く。箒でもカーペットのゴミはよく取れると聞くが、うちはネコの毛が相当からんでいるし、埃《ほこり》も舞い上がりそうだ。今までと同じように一気に掃除機で吸ったほうがいいのか、こまめに掻《か》きだしたほうがいいのか、どっちが楽できれいになるかを考えている。

掃除機をかけても、実際、毛玉はカーペットの上からは見えなくなるけれど、カーペットの中まできれいになっているのかはよくわからない。きっときれいになるのは、やってみたら辛《つら》いほうのような気がする。物事はそんなものであろう。雑巾でこすって問題ないのなら、一日、五十センチ四方ずつだったら、無理なくできると思うので試してみたい。そしていずれは掃除機を処分したいと考えているのだ。

家具

私は仕事はリビングルームに置いてある食卓の上にノートパソコンを置いてしているのだが、このテーブルが大きい。長辺百四十センチ、短辺八十五センチ、高さ七十二センチで、短辺の片方を壁につけているので、私はその反対側の短辺のところで仕事をしている。食卓の天板のほとんどは空いているので、そこに本やら雑誌やら、さまざまな書類を置いていた。そのうちに食卓の上の堆積物《たいせきぶつ》の下のほうは、何があるのかわからなくなり、いざその雑誌を読もうとしたとき、

「たしかこのへんに置いた気が……」

と積み重なったものをどけるものの、見当たらない。

よく小学校の卒業時にタイムカプセルを校庭に埋めて、何十年後かに掘り出すという行事がある。そこでそれぞれの記憶が違い、絶対あるという場所にないということがあるが、それと同じように、

「ここにあったはず」

という場所に、だいたいの場合、ないのだ。

「ええっ？」

といいながら、堆積しているものを片っぱしから取り除き、やっと見つけ出す有様だった。郵便物だけはそのなかに重要書類が混ざっている場合が多く、溜めると後が大変なので、毎日そのつど、要、不要を確認してすぐに処理をしている。こういったことはできるのだが、資料としてプリントアウトしたもの、読もうと思っていた雑誌の切り抜きも含め、食卓に堆積していくのである。当然、食卓の意味はなさなくなり、食事はソファの前のローテーブルで摂《と》るようになっていった。

棚を移動させたことによって、本はそこに移動し、書類はそれぞれ分類し、やっと食卓の木目が見えるようになった。リビングルームのスペースからすると、バランスは悪くはないのだが、だんだん歳を取ってきた私には、大きすぎる気がしてきた。金属製の脚と木製の板だけのシンプルな作りで、組み立て式になっているので移動は簡単なのだが、この半分の大きさでいいのではと考えている。二十年以上、愛用してきたので手放すのは辛いところもあるし、次に引っ越す場所は、ここよりもずっと狭い部屋にするつもりなので、そのときに部屋に合わせて購入したほうがいいかなとも考えている。

このテーブルに合わせて購入した椅子四脚も、シートの革が剝《は》がれてきて、張り替えをしなくてはならない。張り替える費用よりも、新しく買ったほうがお金がかからないかもしれないと思いつつ、椅子のシートの上に、伸縮性のあるカバーをかけて使っている。いちばんいいのは、ちゃぶ台に座布団なのだが、今の部屋では難しいし、もしもまとまって時間が取れるようになったら、部屋の模様替えも含めて、小さな家具の買い替え、あるいは処分について検討したい。

ベランダに放置してあった、ガーデンセットも処分したので、今そこにあるのは、コンパクトな物干し台だけだ。すっきりしている。物をベランダに移動させて、部屋の中にないことにしていたときは、ベランダを見ても、そこにがらくたがあるのが当たり前だったが、いざ処分してみると、まあ、すっきりした。よくあんな状態で平気だったものだと、当時の自分に呆《あき》れている。

リビングルームには他に二人掛けのソファと、一人掛けのソファがある。二人掛けのほうは壁にそって置いてあり、一人掛けのほうはテレビの前に置いてある。それはうちのテレビは小さく、部屋の端においてある二人掛けのソファに座ると、画面が見えにくいので、テレビを観るために買ったのだった。しかしテレビも観なくなったし、ソファの座面に不具合が起きてきたので、よく考えて必要がない場合は、キッチンで捨てようかと迷っている、オーブントースターと共に、粗大ゴミに出そうと思っている。私があれだけがらくたを放置していた理由は、粗大ゴミ制度を使わなかったからである。これからは粗大ゴミ制度を使い、こまめに捨てる。これが私のキーワードになった。

　また仕事のときに使っていた、シートハイが低い書斎用椅子は、捨てようとしたのを友だちがもらってくれ、その後、圧迫感がいやで同じくシートハイが低い、スツールに座って仕事をしていた。最初はよかったのだが、長時間座っていると、腰痛持ちでもないのに、どうも腰のあたりが妙な感じになってくるし、つい後ろにのけぞって、背もたれに体をあずけようとして、何もないので、

「おっと、あぶない」

　と体を起こすこともよくあった。そこで見てくれよりも実を取ろうと、事務作業用の椅子を購入した。部屋のバランスはくずれるのだが、自分の体の負担を考えると、そんなことはいっていられなくなった。

　女性用として作られたその椅子は、座り心地もよく長時間座っていても疲労感が少ない。

「さすが、考えて作られたものは違う」

　そう実感し、インテリアのバランスに関しては、考えないようにしている。デンマークのデザイナーものの食卓の上にノートパソコンをのせて、事務用椅子に座っているのは、変な図かもしれないが、我慢するのは辛いので、それでいいのである。そして今年中に、一人掛けソファ、オーブントースター、使わなくなったスツールを、絶

対に粗大ゴミに出すのだと、カレンダーの十二月の欄に大きく書き込んだのだった。

本書は書き下ろしです。

老《お》いと収納《しゅうのう》

群《むれ》ようこ

平成29年 1月25日　初版発行
令和5年 7月30日　15版発行

発行者●山下直久

発行●株式会社KADOKAWA
〒102-8177　東京都千代田区富士見2-13-3
電話　0570-002-301(ナビダイヤル)

角川文庫 20154

印刷所●株式会社KADOKAWA
製本所●株式会社KADOKAWA

表紙画●和田三造

●お問い合わせ
https://www.kadokawa.co.jp/（「お問い合わせ」へお進みください）
※内容によっては、お答えできない場合があります。
※サポートは日本国内のみとさせていただきます。
※Japanese text only

ISBN978-4-04-104612-8　C0195

◆◇◇

角川文庫発刊に際して

角川源義

第二次世界大戦の敗北は、軍事力の敗北であった以上に、私たちの若い文化力の敗退であった。私たちの文化が戦争に対して如何に無力であり、単なるあだ花に過ぎなかったかを、私たちは身を以て体験し痛感した。西洋近代文化の摂取にとって、明治以後八十年の歳月は決して短かすぎたとは言えない。にもかかわらず、近代文化の伝統を確立し、自由な批判と柔軟な良識に富む文化層として自らを形成することに私たちは失敗して来た。そしてこれは、各層への文化の普及滲透を任務とする出版人の責任でもあった。

一九四五年以来、私たちは再び振出しに戻り、第一歩から踏み出すことを余儀なくされた。これは大きな不幸ではあるが、反面、これまでの混沌・未熟・歪曲の中にあった我が国の文化に秩序と確たる基礎を齎らすためには絶好の機会でもある。角川書店は、このような祖国の文化的危機にあたり、微力をも顧みず再建の礎石たるべき抱負と決意とをもって出発したが、ここに創立以来の念願を果すべく角川文庫を発刊する。これまで刊行されたあらゆる全集叢書文庫類の長所と短所とを検討し、古今東西の不朽の典籍を、良心的編集のもとに、廉価に、そして書架にふさわしい美本として、多くのひとびとに提供しようとする。しかし私たちは徒らに百科全書的な知識のジレッタントを作ることを目的とせず、あくまで祖国の文化に秩序と再建への道を示し、この文庫を角川書店の栄ある事業として、今後永久に継続発展せしめ、学芸と教養との殿堂として大成せんことを期したい。多くの読書子の愛情ある忠言と支持とによって、この希望と抱負とを完遂せしめられんことを願う。

一九四九年五月三日

角川文庫ベストセラー

二人の彼　群　ようこ

こっそり会社を辞めた不甲斐ない夫、ダイエットに一喜一憂する自分。自分も含め、周りは困った人と悩ましい出来事ばかり。ささやかだけれど大切な、〝思い〟をつめこんだ誰もがうなずく10の物語。

きものが欲しい！　群　ようこ

若い頃、なけなしのお金をはたいて買ったものの全く似合わなかった縮緬。母による伝説の「三十分で五百万円お買い上げ事件」――など、著者自らが体験した三十年間のきものエピソードが満載のエッセイ集。

それ行け！トシコさん　群　ようこ

どうして私だけがこんな目に⁉　惚け始めた舅に新興宗教にはまる姑、頼りにならない夫、反抗期と受験を迎えた子供。襲いかかる受難に立ち向かう妻トシコは――群流ユーモア家族小説。

三味線ざんまい　群　ようこ

固い決意で三味線を習い始めた著者に、次々と襲いかかる試練。西洋の音楽からは全く類推不可能な旋律、はじめての発表会での緊張――こんなに「わからないことだらけ」の世界に足を踏み入れようとは！

しいちゃん日記　群　ようこ

ネコと接して、親馬鹿ならぬネコ馬鹿になることを、「ネコにやられた」という――女王様ネコ「しい」と、御歳18歳の老ネコ「ビー」がいる幸せ。天下のネコ馬鹿が贈る、愛と涙がいっぱいの傑作エッセイ。